中国好诗

第六季

世界的每一个早晨

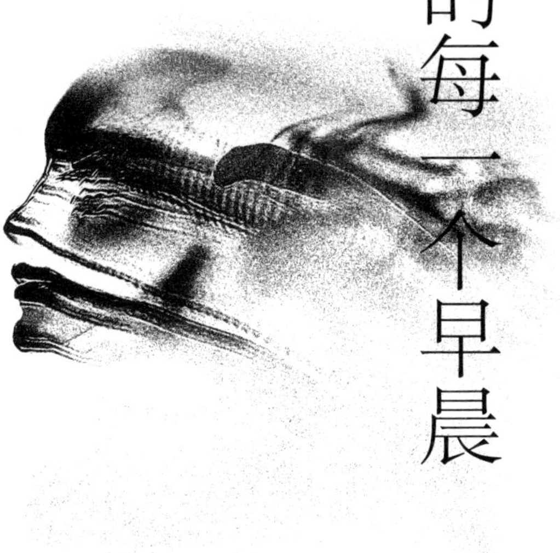

谷禾 著

天津出版传媒集团
百花文艺出版社

谷禾，本名周连国，1967年生于河南。20世纪90年代初开始写诗并发表作品，2003年至今，移居北京通州北运河畔。著有诗集《飘雪的阳光》《大海不这么想》《鲜花宁静》《坐一辆拖拉机去耶路撒冷》《北运河书》和小说集《爱到尽头》等多种，部分作品被译成英语、韩语、葡萄牙语等。获“华文青年诗人奖”“《诗选刊》最佳诗人奖”“《扬子江》诗歌奖”“刘章诗歌奖”“《长江文艺》诗歌双年奖”“《芳草》汉语诗歌双年十佳”等奖项。

“杜甫诗传”第三页

——关于谷禾的“现实叙事”

◎ 霍俊明

庚子年，春末夏初，谷禾最新的诗集《世界的每一个早晨》打印稿放在了我的面前。世界充满了变数，这也使得诗歌充溢着各种可能。

而一个老问题也再次来到我们面前：一个诗人该对谁负责？

——哦，你想要的，也许只是片刻的恍惚，
在午后，你疲倦的脸孔，从八楼的
某一扇窗户伸出来，像临渊的勇士
被浩瀚的春天深深吸引

——谷禾：《长诗　四重奏·第一章：厄》

1.

每次读谷禾的诗，我总会想到与我们同时代人密切粘连在一起的恍惚而又真切的“现实感”。诗歌在谷禾这里首先承担了精神传记的功能。

无论是以农村、郊区和城市为聚焦点的空间伦理，还是对日常事物、时代风物以及世界景象的“立言”方式，谷禾都与“当代”建立起了“诗传”的深度描写关系。“诗传”还可以替换为“诗史”“诗志”，这是个体主体性的求真意志，同时也是词语的真诚度。

显然，谷禾多年来一直围绕着“时代”“现场”“现实”“生活”等“当代场域”进行着并不轻松的叙写，在努力抒写着一本当代的“杜甫诗传”。

一生二，二生三，三生万物，所以“诗传”的第三页才是真正的开端……

我之所以强调“现实叙事”，是因为“现实”作为精神背景确实在谷禾的诗中是显豁的事实，再有就是其中一部分诗的词语密度明显增大，诗行的长度和整体高度都在倍增，越来越呈现出浓密的叙事性、戏剧化和散文化特征，比如这本新集子当中的《长诗　四重奏》以及《致女儿书》（该诗采用了不分行的形式）《〈遗产〉：读菲利普·罗斯》《泸州记》《原野记》《午后记》《立秋记》《三诗人谈论天堂和地狱》《古柏赋》《芙蓉路三章》《两篇雪》《两个管道修理工》《大垵村》《月光下的故乡》《深处的光》《羊》《陪父亲说话》等等。

谷禾诗中的“记”和“叙事”强化的是记录、记忆，这又是通过叙事、寓言和戏剧化的方式来完成的。这是阅读经验、写作经验和现实经验的多重拓边和互动的结果，同时也是为了强化诗歌的异质包容力和精神载力。

2.

尽管谷禾在诗歌中高频率地使用“黑暗”和“疼痛”，这关涉个体、公民以及诗人三者共有的精神原色，“我觉得这就是一个人无法逃脱的宿命，在你写诗的同时，诗歌其实一直在无声地影响着你命运的进程”（谷禾：《十年，诗里诗外》）。但我们并不能据此指认谷禾是一个“痛苦诗人”“现实诗人”“伦理化诗人”，因为自然元素、现实元素一定要转换为诗歌中的精神元素。这是对写作者精神视域和语言意识的双重验证，物之表象应该是与心象连缀在一起的。“物，即诗学。我们的灵魂是及物的，需要有一个物来做它的直接宾语。问题之关键在于一种最为庄严的关系——不是具有它，而是成为它。人们在物我之间是漫不经心的，而艺术家则直接逼近这种物态。”（蓬热：《物，即诗学》）因此，诗歌是共时体结构的“语言山河”“家国想象”以及“精神指证”，这是“河水的闪光对我内心的照耀”（谷禾：《北运河书·自序》）。

诗歌只是一种特殊的“替代性现实”。即使只是谈论“现实”，我们也最终会发现每个人谈论的“现实”却并不相同。“现实”是多层次、多向度、多褶皱的，正如陈超所吁求的那样：“多褶皱的现实，吁求多褶皱的文本。”现代人的日常经验已然愈益分化，当下中国诗坛充斥的正是随处可见的“即事诗”“物感诗”。在日常经验泛滥的整体情势下，“现实”是最不可靠的。唯一有效的途径就是诗人在语言世界重建差异性和个人化的“现实感”和“精神事实”，而这正是中国诗歌传统一直蔓延下来的显豁事实。

当谷禾写出《向杜甫致敬》《江上的杜甫》时我一点儿都没有感到意外，曾经一度“西游记”式取经于西方的中国诗人近年来越来越多地转向了汉语传统，有了越来越清晰的“杜甫”的当代回声——

——你听到了雪，长安的雪
秦州的雪，落上草堂的雪，如千万把刀子
贴着江面飞来，一闪又消失了
只有江水微澜，浮动隆起的堤岸
你俯下身去，试着去抓住它
而长夜漫漫，一叶孤舟烟波里
垂落的天空，不是靠近，而是更远了

——《江上的杜甫》

显然杜甫已经成为汉语的化身以及中国诗人精神的原乡，成为贯通每一个人的“绝对呼吸”。早在1989年，西川写下了《杜甫》一诗：

> 你的深仁大爱容纳下了
> 那么多的太阳和雨水；那么多的悲苦
> 被你最终转化为歌吟
> 无数个秋天指向今夜
> 我终于爱上了眼前褪色的
> 街道和松林

近年来，谷禾至为推崇的诗人无疑是杜甫。“关于杜甫，近年来，我读完了最新版的十二卷本《杜甫全集校注》，还拜读了冯至先生的《杜甫传》、洪业的《杜甫：中国最伟大的诗人》、吕正惠先生的《诗圣杜甫》等介绍杜甫生平和艺术成就评价的书籍。当我再一次问自己，是否当下众多汉语诗歌写作者言必提及的诸如米沃什、布罗茨基、沃尔科特甚至艾略特和庞德等20世纪的西方大师级诗人们，其艺术成就和影响力已经超越了我们的先辈杜甫时，答案显然是否定的。”（《向杜甫致敬》）

其最新完成的《长诗　四重奏》开篇引用的就是杜甫《旅夜书怀》中的诗句“飘飘何所似，天地一沙鸥”。甚至，谷禾还写过杜甫的同题诗《旅夜书怀》：

> 剧烈的咳嗽，将我从漆黑中 / 拎出来，孤零零地，抛入更深的 / 漆黑。旅馆的静，窗帘遮挡 / 的月光，汽车发动机的轰鸣 / 街灯，风，惶惑的废纸。我听见 / 胸腔里喘息，类似上个世纪 / 的旧风箱，拉杆抽出，推进 / 湿柴的烟气呛出了你的眼泪。

显然，谷禾更为侧重的是杜甫式的个人记忆能力、语言现实感和诗性正义，因为诗人与现实的关系并不是单一的模仿或反映，而既是现实关系、伦理关系又是修辞关系、改写关系，“仿佛我得到了一个颠倒的望远镜，世界移开了，一切东西变小了，但它们没有丧失鲜明性，而是浓缩了”（米沃什：《一个诗的国度》）。质言之，诗歌视界中的现实既是修辞问题又是实践问题，这可以具化为题材、主题和意识形态方面的可写的和不可写的、允许写的和不允许写的。诗歌的“社会功能”是以语言为前提的，“诗人作为诗人对本民族只负有间接义务；而对语言则负有直接义务，首先是维护，其次是扩展和改进。在表现别人的感受的同时，他也改变了这种感受，因为他使得人们对它的意识程度提高了”（艾略特：《诗的社会功能》）。

2019 年溽热的夏天，在由北京开往天水（古称秦州）的高铁上，我一直回想着公元 759 年天下大旱之际辞官的杜甫流寓秦州时所作《秦州杂诗》的情形。人们习惯性地把杜甫限定在社会学层面的“现实主义诗人”，但对“现实”“现实主义”的理解恰恰应该是历史化的。杜甫是现实抒写的集大成者，而当代诗人“向杜甫学习”“向杜甫致敬”不应该成为空谈，应当像当年的杜甫那样真正地理解生活、想象生活以及再造语言生活，并通过诗歌把个人现实转化成为历史记忆。杜甫是我们的“同时代人”，杜甫是我们每一个人，所以他能够一次次重临每一个时代的诗学核心，这是诗人和生活在感应、回响中建立起来的语言事实和精神现实，它们最终汇聚成的正是超越时空的伟大精神共时体。

3.

近二十年来，我一直在关注和思考着诗人与现实之间的特殊关系。显然，这是一个近乎枯燥而无解的老话题，但是在诗人的社会身份、文化角色已经发生了巨大变化的今天，在诗歌观念以及生活边界都同时发生了剧烈变动的时刻，诗人与现实的话题反倒具有了紧迫性。

1995 年，谢默斯·希尼获得诺贝尔文学奖，授奖理由值得我们一再揣味：“他的诗既有优美的抒情，又有理论思考的深度，能从日常生活中提炼出神奇的想象，并使历史复活。”伟大诗人 W.B. 叶芝则强化了日常生活与诗歌中的生活的重大差异，强化了日常生活中的人与诗歌中的人有时候并不是同一个人。

在谷禾的诗中我们总会在城市化的空间中看到一个诗人的乡村背影，这甚至成为谷禾精神传记中的底色。豫东平原腹地的“大周庄”是一个人的精神根基和地气，是记忆的起点，也是近乎哲学和诗性层面的“故乡”所具备的召唤结构，“——这些夏天的碎屑，却在 / 多年后的冬天，在异地的 / 深夜旅馆里，占据了我的大脑 / 唉，人的衰老，是否始于频繁 / 陷入回忆？它们最终彻底地占领 / 让我回到童年，在时光的席子上 / 耗尽力气。所有这些仍然无法挽留 / 直到我不再醒来，也不再写诗”（《旅夜书怀》）。尤其在大地伦理消失的断裂时刻，“乡村”更多是作为观照现实命运的入口或切口，由此我们应该注意一个当下诗人具有代表性的观察角度和发声位置。

2018 年的一天，谷禾将长诗《周庄传》的初稿发给我并让我提提建议，而多年来他的诗歌总是让我想到真实不虚的精神背景和写作命运。

《周庄传》之所以格外强化“非虚构长诗”以及“献给我的村庄”实则是让我们思考写作和现实的关系，就“现实”、“本事”以及“非虚构”来说这提供的确实是一份诗学和社会学共生甚至博弈的复合文本。当谷禾一次次指向命运、人性、乡村史，诗歌就成了世道人心，这是恍惚莫名的历史本相，是社会经纬的隐秘纹理，自然也是诗人求真意志的体现。语言状态下重新审视和塑造出来的“乡村”“周庄”印证了一个写作者的精神出处。“1967端午出生于豫东平原一个叫大周庄的村子，父母皆为农民。”（《谷禾文学年表》）

写作者不能再单纯依赖生活经验，因为不仅生活经验有一天会枯竭，而且生活经验自身已经变得不再可靠。一代人有一代人的生活，但是有些方面，比如精神生活有时候会具有一种历史结构。这一结构不仅指向了过去，也指向了当下甚至未来。尤其是日常化、生活化的诗人所付出的努力不只是语言观和诗学态度的，还必须以个体的生命意志完成对日常生活的命名，应该关注于“精神成人”与现实的及物性关联，倾心于对噬心命题的持续发现。

由此，我想到了几年前，在我和谷禾的一次对谈中他所强调的诗人写作态度问题，“写得好与差是能力问题，但从一开始就必须有一种真诚的态度——真诚地面对世界和自我，如果这个你做不到，至少我是怀疑写作的意义的。当写作和现实发生联系以后，诗歌当然不能是飘在天空的浮云，它必须扎根于大地，接通地气方有生命，有生机，有活力。这么多年来我一直没有改变自己的这一理念”（《“为了救赎，我们必须病得更深？”——谷禾访谈录》）。

确实，谷禾有力印证了“情怀”“真诚”“现实性”之于诗人的必要性，这也是一个现实人的血肉、骨架、呼吸和灵魂。这种“真诚”并不是情感发生学意义上的，诗人的“真诚”使得诗人维持了诗歌话语作为“提出问题”和“加深问题”的方式。“真诚”也必然是对诗人的语言经验和技艺的考验。诗人回应的仍是诗歌与现实的多声部的复杂关系。

4.

诗人不是镜像描摹式的观察者，诗歌也不能沦为事事表态的社会报告。诗歌对应于深层的精神生活，诗人需要借助现实乃至幻象完成对深层经验和内在动因的剖析，这是个人前提的诗歌事件，是精神现象学的还原——

> 被砍斫回来的木头做成了房子 / 梁檩、桌椅、床榻、棺椁 / 用以盛放肉体、物什，安置灵魂 / 时间过去了很久，它又流出泪来 / 明晰的，透骨凉，没有人 / 弄得清它来自哪里，你反复用毛巾擦拭 / 也不停下来，仿佛木头里 / 淤积了天大冤屈，必须这样流出来 / 再生出青苔、木耳和嫩芽儿 / 我父亲从不大惊小怪，他早已习惯这些 / 叹口气说，“埋入地下的木头不是这样子的 / 它只生出新树，向天空长高 /

如果大地上响起笃笃的敲击声，那必是 / 木头在转世，新的生命在轻轻敲门”

——《木头也可以流泪》

诗人必须拂去现实表层的浮土，转到时间表盘的背后去看看时间法则和造物主的内部隐秘构造和机制。这是表层话语和深层话语夹缝之中的寓言。这是物象背后一个诗人的冷静、审慎、隐忍、自持、磨砺，它们是词语和生活相互磨砺的产物。这也是永恒的时间和空间对个体命运的挑战，更多的时候包括诗人在内并不能做到里尔克所说的深度的、立体的“球形经验”，更多是对表层的可见之物的观摩。由此，诗人的辨认、发现和精神能见度就变得异常重要。这不只是一个诗人的时间求真和感受方式，而且是一个诗人的基本写作法则。

诗歌近乎本质化地对应于时间，而谷禾新近的《长诗　四重奏》正是按照四季顺序和时间轮回来构架精神视界——“而繁星点点，/ 垂下往生的光芒。亲人去远了 / 你停下来，面对微暗灯火 / 过往如同风化的岩石，从层叠的时间里 / 抽出一把把卷刃的刀俎。”这是生命时间以及求真意志的同时降临与相遇，它们激活和碰撞出来的场景以及词语本身更具有生命效力和活力。这是人与时间的重逢，是词语和时间的交锋。这也是个体时间在现实时间和历史之间的交互往返，它们涉及的是一个时间节点或者时代空间的可见之物和不可见之物，是时间和空间的贯通，是立足于个人但又最终超越了个人的对瞬间和过往以及未来的彼此对视。

对于诗人来说，还必须对“现实”自身进行检视，因为“现实”并非不言自明之物。个体对生活的理解具有差异性，甚至在不同的时代语境下“现实”会有诸多的附加意义。也就是说，具体到当代“现实”的语境和整体意识、文化情势，诗人所面对的日常现实和修辞的语言中现实都具有难度。强调日常生活的重要性以及命运感，这种写作方式在更深的语言、精神甚至生活方式层面印证了哈罗德·布鲁姆所说的“文学作为生活方式”。这也是对诗人和生活真正意义上的维护。与此同时，在象征的层面日常生活又是一个奇异无比的场域，甚至与人之间存在着出乎意料的关系。而真实性和客观性如果建立于日常生活的话，日常生活本身的丰富性以及认识就变得愈益重要了。

谷禾这种容留性的诗歌写作在一定程度上会消除诗人的偏执特征。这是一种更具包容力的写作，是维持“写作成为问题”的诗。正像里尔克所说的：“若是你依托自然，依托自然中的单纯，依托于那几乎没人注意到的渺小，这渺小会不知不觉地变得庞大而不能测度。”由此，诗人才能剥落日常生活的表象和外衣，重新面对语言内核和精神本质。

“中年的雨”正在落下来……

这类似于一个“中年木工”和“铁匠”正在进行中的旷日持久的工作，他们关乎语言道德和世界真相——

一个中年木工，用墨斗吊线
用凿子掏孔，以榫子连接剖开的檩条
做成理想家具。相同的木头
经过他的手，成了餐桌，成了床榻
也有的，做了泊尸的棺木
世界的真相，沿纹理浮现出来
这个过程里，他沉着如狙击手
埋头在盛开的刨花里
如果有可能，他很愿意做一只带触须
的木蝴蝶送给你。而他顶着烈日
独自去铁匠铺，摆开铁砧
在火与火的缠绵里打出黑铁藏匿的
刀枪和农具。这不同于诗人
在落雪之夜，就着炉火写诗
——《长诗　四重奏·第二章：叙述的夏天》

2020 年 4–5 月

目录　第一辑　日知录

第三辑　长诗　四重奏

第一辑

日知录

001

070

落在身上的雪

落在身上的雪
把我变成另一个人，变成雪人
像生命的痛苦把我变成痛苦的人
它忘了我已习惯痛苦
忘了这世上还有更多快乐的人
他们从不同的屋子里
看这些雪落下来
落在屋子与屋子，道路与道路
山河与山河之间
把世界变成雪的世界
走在雪中的人，变成了一样的雪人
走哪儿都一身雪，好像这些人
一直是雪的一部分
是“雪”这个词

树疤记

我见过的每一棵树，都留有
大小不一的疤痕，
我从没想过它的来处
和去处。你说它得自风雨，
我不信，却无法举证。
蚂蚁也不信，它爬上去，小心地
探测，一点点地，
进入疤痕内部。出来时，
生出了明亮的翅膀。也许它有
甜蜜的黑暗，我不曾啜饮，
但它一定也有秘密的疼痛、孤独，
自我治愈的本领。一块块
疤痕，并不影响
树木生长，而且愈多愈茂盛。
我见过一片树叶上的星空，
以及它内部的浩瀚。
一块疤痕，有源源流出清澈的汁液，
也有做了蚁穴。但冬去春来，
依然生出新枝，绿荫。
对着疤痕哭泣的女人，疤痕记住了她，
也在她心上留下疤痕。
我年轻时用刀子刻下的名字，

如今也变成了
旧疤痕，随树生长，
一次次地，把我从梦里喊起来，
坐到灯下，忆及从前，
低头时，看见数不清的疤痕，
从骨头深处泛出来。

枯柳赋

漆黑里的枯柳也闻风而动

你乃抱树而生之人
怀抱一株枯柳五千年之伤痕
在其枝条扶风之时
在其解散了辫子于水中挥霍之时
在其叶子落尽之时
在其根须斩断之时
在其成一株朽木之时

你以群山之雄阔抱它在大地上奔跑
你以白头之无往抱紧它在天空飞行

你施之以土
施之以水，施之以精血
一株枯柳以不治之躯从死中复活
当你以战栗之唇
吻着它新萌的第一颗嫩芽
竟喜极而不成声

这一株枯柳
积五千年沉疴，五千道年轮

在漂泊的路上
听见自己轻柔的呼吸也听见惺忪中的鼾声如雷
它还有多久诀别这尘世？

但它比你长久！
当你在漆黑里抱紧了它
当你以腮腺摩挲它湿漉漉的枯皮
当你窥见藏匿于它内心的一溃千里的汤汤蚁穴
除了作为造化的灰烬埋于树根下
你又能干什么呢？

这枯柳啊
漆黑里也闻风而动
变幻着红、黄、蓝、紫和绿的颜色

……它与你，已形如路人

朋霍费尔：《狱中书简》

“……百合花在白天开得真是非常的美。
它们的花萼在清晨慢慢打开，
开花的时间只有一天，第二天早上，
就有另外一些新鲜的花萼接替上。
后来，它们就都凋谢了——”朋霍费尔闭上眼睛，
把脖子缓缓伸入绞索，犹如放入
百合花编结的花环——人群中的孩子抬起头
看见他的上帝，吊在绞刑架上。

日知录

我只要坐下来，
把一支纸烟，慢慢地抽完。
我只要从久坐的黑暗里起身，一抬手揿亮世界的开关
并且清晰地
听见“啪”的一声脆响。

绝顶论

……众山之上，不再有
更高的存在
唯星空，白云，空虚，和厌倦
一种伟大的荒凉
所谓江河
不过泥丸。所谓古今，亦不过弹指间
你看那千仞悬崖，如刀砍斧劈
等待着英雄纵身一跃
从一张滴墨的宣纸上，诗的落差
与你的短暂的晕眩
构成了古老汉语的神性
继续向上，一只鸟在暮色里
怀抱经书疾飞
再向上，就剩一颗秃头了
你唤之太空，唤之寰宇。偶尔也称之绝顶之人
——唯一的白发，飞流直下三千丈

羊

羊在黑夜里吃草，青草的汁液
从它的嘴里流出来
公羊、母羊、羔羊，在黑夜里吃草
草从羊唇边疯长蔓延开去
青草汁液流淌成了生生不息的草原
风吹草低，羊在草原深处隐现
羊的眼睛里，星光交织
像另一条闪烁的银河
风把荡漾的浪花和涟漪带远
这时候，牧羊人睡在野花丛中
手里攥紧的不是鞭子，而是见底的酒囊
对于羊来说，牧羊人是草的一部分
他的羊皮袄子，羊皮帽子，羊皮靴子
也和草原一起睡在野花丛中
湖水映出天空和雪山银子般的倒影
而季节并不停歇一会儿
秋天来了，鹰在天边集合，刀子的光芒
从牧羊人的眼底凛冽地抽出来
他隐入羊群，用粗糙的手掌
摸索羊的皮毛，测量羊皮下骨头的深度
刀子的寒光闪过，他分开羊皮和羊肉
早晨背羊肉下山，黄昏反穿皮袄回家

留下的羊继续守着羊圈低头吃草
望向他的目光，湖水一样纯净
粘在羊唇边的干草，一样有呛人的草原味道
伙伴们一天天减少，羊偶尔停下来
抬头看一眼落进栅栏的雪花
也有羊毛的洁白颜色，天越来越冷了
它们卧在雪上吃草，反刍，回忆
在被分成羊肉和羊皮之前，互相依偎着
仿佛一堆雪，依着更大的积雪

鲜花宁静

鲜花开在那里。鲜花
宁静

鲜花开在草原，河谷。鲜花
开在山坡
鲜花开在孩子和羔羊的眼睛里。鲜花
——开在墓地

风吹……风不吹。鲜花，如此宁静

大地辽远，天空无限
活着与死去的人，一次次从芳香中走过

亲人们

四十年前，我还没有出生，只把母亲当亲人
三十年前，我九岁，把所有的饭当亲人
二十年前，我十九岁，只把青春当亲人
十年前，我的父母、妻子、儿子和女儿，是我的亲人
踩着四十岁的门槛，所有的敌人和亲人，你们都是我的亲人

当我八十岁，睡在坟墓里
所有的人都视我为亲人，但你们已经找不见我——

……这一撮新土，这大地最潮湿的部分——

原野记

把原野当成生命的温柔地带，我去它
却愈加遥远了。当原野失去
蓬勃的野草、杂树、荆棘，而只剩下庄稼
沟坎崖畔的花儿在风中加速凋零
请允许我独自游过田埂时，心中升起
露水大的伤悲。离开村庄三公里
我一步一回的泪光深处
只捉到了电线上的雀点，以及枝头的半片残叶
脚下这青绿的麦苗，头顶着霜露
却并不见老，偶尔有野兔顺着垄沟狂奔去远
似乎它要在惊悚中亡命一生
壕沟里流水不复，哪里还有水草鱼虾的踪迹
蓝天白云凝滞头顶，壕沟对岸
高速公路直穿过围起来的开发区，不用脱去鞋袜
我也能向着灯红酒绿飞去。仿佛
原野已不复为原野，我心已成
齑粉。想起童年时我也曾在原野上迷路
从连片的马齿苋、抓地草间摘下一朵牵牛花放在耳边
隐隐就传来了暴雨般的虫鸣，抬起头来
看见星辰分外密集而明亮，足以照耀古今
让人平静地睡去，不再想醒来
不再侧耳搜寻亲人的唤归

若干年后把住所安置城市的边缘，说明我心向原野
却又被名利的藩篱羁绊
你怀疑我虚伪吧，但不要怀疑我来自那里
最终还将被它一点点收回。

古柏赋

梓潼七曲山，三百里蜀道古柏参天。

Ⅰ

古柏延年，它何时
流下过独处之泪？中堂画已泛黄
古柏鳞叶蓬勃，白鹤轻唳
穿红肚兜的童子，还捧着玫红多汁的寿桃
从没人回答我，画里的松柏
呼应了门外哪一棵乌柏。从更高的枝头
一只飞入斜阳的乌鸦
是否带走了我童年的疾病和厄运？
眼前绿荫如云，虬曲的树身
如怒目金刚捶打着身体里凝固的波涛
——我担心它的回声溢出来
瞬间淹没了绵延的庙宇，惊动更多古柏
以你看不见的方式向天空飞

Ⅱ

不可以凭肉眼去妄测一棵古柏的年龄
你精确到纤毫，反而冒犯了神性

它最早的卵形球果，与鱼共生在岩层深处
凭依墓地和寺庙活下来的
用漏风的鸦巢，过滤了更替的王朝
一棵古柏被砍伐，新的一棵又原地长出来
我在临渊之地，听到它迎风咆哮
——它以绿荫为征战的君王撑起华盖
也庇护过苟活的乞丐，裙钗，落魄书生
由此，堆叠的乱石引导它向上
在不可知的镜像里，仗剑少侠逶迤下山
它用墨绿的叶子飒飒送行
以怀藏的箭镞，做死亡的提前告别

Ⅲ

我们在古柏的凉荫里滞留太久
在它的沉默里信口开河，对着扭曲的
树干检点自己的影子，“而所有的伤
都有自我治愈的本能，并封堵上
溃散的蚁穴，如同从沙里拣回散失的金子
这生长的无字碑。这疤痕的沧海……”
我们走过第二棵，第三棵。继续向前去
终于迷失在它参天的荫凉里
谁告诉我：沿途的古柏在想什么
夜深人静时，是否也独自沿古道逡巡？
当我们围拢，尝试着环抱它
古柏纹丝不动——它沉在自身的岑寂里

Ⅳ

一棵古柏也有生死边界吗?
在大火涂炭之前，它也怀藏清风明月心
鼓瑟吹笙，流水潺湲
夜露升上树梢，匝地的浓荫
遮严了亭台阁楼，屋子里对饮的人
轰然倒塌，侍立者出手扶稳了摇晃的椅子
掸去袍襟上的尘埃，他疾步离去
却被纷乱树影绊倒——台阶落差坎坷
他爬起来，束衣沿夜色消逝
满庭虫鸣和石头，由此陷入集体失声
迟来的捕者从卷宗里退出
试图斫开烧焦的树身，搜寻残留的蛛丝
马迹。但所有往事，都在噼啪燃烧后
随灰烬变成了坊间的虚构
——如烛光斧影交错。
新王加冕。掀过去的一页
被盖棺定论

Ⅴ

檐水滴穿枝柯的碎影流年
三两声稀薄的鸦叫，从鳞叶深处
衔来沾满星子的残简
用月光洗手的风，月光照彻它的青白骨头

我看见羽扇挑开纶巾
于电光石火间，古柏生出雷鸣
席卷了七曲大庙的殿顶、檐角、哀鸿、落花
寒光解开铁衣，冰斧砍下佛头
利禄功名皆散尽，山水还回旧容颜
被搬动的石头，以青苔作袈裟
暮鼓撞击岩壁，胸腔里迸溅出狼嚎
与狮吼。……乱雪扑向群峰
古柏支撑的庙宇，顷刻化作齑粉
在身体里种植古柏的人，被秋后算账

Ⅵ

雨水滂沱。浓荫遮严的古道
却是干燥的，鳞叶阻断暴雨淋头
也带来不可预知的山洪和乱石
——不可能有完美的树，杀身成仁
还用残存的根，为众生带去福祉
相邻的另一棵，敛收尸骨入土
又长出新枝，托举漫天星光
日出日落，缭绕的烟云更多源于山水虚拟
行路者惊叹沿途松柏的礼让
却忽略了树下交叠的荫凉，地底的错节盘根
天空摇曳欲坠，入云的翠云廊
一枝一叶都跪向明亮的神祇
谁把对黑暗的记忆埋入膝盖？

蝼蚁抱紧树根，铁干虬枝如群山的苦厄
从时间尽头，曙色送来光的酒杯
“你的凝视，也是尤利西斯的凝视……”

Ⅶ

……愈古老，愈不可测量
被闪电劈开的树身，从空气的断头台
跪下来，头颅落地，扭曲的脆弱
大白于天下，而散入神秘
年轮里的星盏，若干年后成了神话
被后来者肆意窜改，做出悖反的诠释
树林外兜兜转的风，一直高举刀斧——
它见不得投奔来的迁客，“群山涌入
桑田沧海，更多古柏客死于途中。”
时间轮回，刀斧化作尘泥
枯朽多年的古柏，又吐出了嫩芽
从曙色里飞起的灰椋鸟
看见崩溃的山河：愈古老，愈不可救赎

Ⅷ

一棵古柏枯朽后，相邻的
另一棵也很快死去。这是自然的道统
咬食古柏鳞叶的牝鹿尝到苦味
被折断的细枝，分泌出自愈的黏液

“谁见过古柏生长，并站在它的立场
去思想四季的更替？”绵延的古柏
让时间完整呈现，人类回馈它以屹立
古柏一俟成林，便不再是杂树的乐园
一些冒险的山毛榉，抖动着浑身的叶子
饮尽阳光和雨水后，很快死去
古柏则纹丝不动，领受着太阳的荣耀
你以手抚树干，它把体内的温暖递给你
迎风的幼柏把疼留给自己——当它迎向
刀斧，断枝呼啸飘落，整个树林都战栗不止
“三百里翠云廊也是庙宇，万木争荣
入云的风骨，成为高于群山的不解之谜……”

致女儿书

傍晚7点30分，你已沉沉睡去。蜷在床的半边（像一只猫咪），线帽和口罩也不摘下来。在你枕边是读到一半的《纳粹医生》（枣红封面上有刺眼的白色纳粹标志），一个用旧的亚马逊电子阅读器，页面显示的《精神分析引论》。刚才在饭桌上，我们曾探讨“平庸之恶”，耶路撒冷被告席上的艾希曼和奥斯维辛的维尔特医生谁更该上绞刑架？他们是如何在恪尽职守的普通职员和杀人犯之间，浑然不觉地完成了角色转换？如果时光退回到1909年深秋的寒冷下午，当希特勒与弗洛伊德擦肩而过，他们会在彼此的身上看到什么（显然，一切并非病理学意义上那么简单。你不能说换一身衣服，就能够将“日常自我”剥离下来，锁进意识的阁楼，穿戴上另一个“情景自我”，并嵌入那个巨大的有机体，成为其中一个触须，一个器官，一根惯性蠕动的绒毛），而人类能否自证清白？另一本《亲爱的日历》里是一首首美丽的爱情诗，这样的两本书放一起，着实不搭调。就像今天，上午我和你妈妈去超市购置年货，以及烟花、春联和红酒，却不得不以口罩遮脸，在不可描述的天气里，我们像两个沉着的地下工作者。下午我们坐在客厅的布艺沙发上，回忆你小时候的天真与可爱，等着你回来，与我们一起迎迓又一个春天来临。饭桌上的话题如此沉重，并不对应窗外偶尔照亮了夜空绚烂烟花和隐匿的星辰。去年烟花特别多，今年零星的几粒暗合了晦暗的天气，以及我内心的忧虑。现在，你睡着了，在平时属于我的位置，发出轻微的鼾声。床头灯的暖光照着你的脸庞，切近而遥远，如同此在的世界。再过4个小时，我将迎来生命中的第五十个春天。亲爱的女儿，有一首诗积在我心里不能说出，不能寄予春风，也不能写下来，而只能达于沉默，并随同时光一起老去。

“他们交换喉咙，有了鸟类的嗓音……”

……他们朝我飞来——
一只只鸟的样子，黑色西服，红领带
在暮晚，落霞与夕光飘散
北运河长堤上，蛇形甬道游向远方
沿河的垂柳，绿辫子解散在水里
而雪松和黄杨隔岸旁观，光线在水面上
闪烁，时而破碎，又黏合在一起
当我独自走过，夏日盛大的寂静
来自一棵摇曳的细草，滴灌龙头的恣肆
一片叶子也拽住我的脚步
让我低头，看见水底的落日也拉长了
卡在两栋扭曲的居民楼的夹缝里
灵魂贴着薄薄的水面，蜂拥朝我飞来——
“他们交换喉咙，有了鸟类的嗓音……”
扑噜噜地，飞进了我战栗的身体
而在另外的季节，河水静谧近于真理
垂柳潮湿的枝条上蝉鸣萦绕
却不见蝉之踪影。浪尖的舞蹈
有柔美的弧度，掠过头顶的飞机
发出的轰鸣，也不被弹奏的波纹挽留
只有蚂蚁的行刑队，停在桥上的一辆货车

——唉，若干年后，忆及这个暮晚
亲爱的孩子，你问我听见了灵魂歌唱吗?
我说是的，他们鸟类的嗓音如天籁回响

苹果谣

枝头的苹果还是青涩的，但孕肚
已隆起，如养育着圆润的婴儿，
短时间内，我还不会待她如孕妇，手牵手
寸步不离地呵护。她的处境
如此微妙，只需一根悬垂的果枝。
如姣好的女子，不发出钟表的嘀嗒声，
不动辄落泪，自虐，麻雀样飞来飞去，
或负气出走。我还记得去年留在
唇齿间的甘甜仿佛神秘涌泉
她绯红的面庞告诉我：她深爱这世界！
当我递上斟满风尘的酒杯，她闪躲着
回到树叶间，像极了害羞的小仙女。
我曾看见她沐浴烛光的圣洁，沦落
肮脏的垃圾桶后，也流下屈辱的珠泪
但无论如何，她都不会化一道闪电
炸裂，或噗的一声闷响喷出浆汁
傍晚抱一兜苹果回家的人，笃信她带来
完美的爱，和通向天堂的甜蜜梯子

开花的院子

当初买房时，她执意
要买一楼，说可以在院子里
发呆，喝茶。事实却是
她先从市场买来了柿子
和石榴树苗栽下，又通过
五花八门的途径买来了
更多种类的花草和种子
院子渐渐变得逼仄和狭促
四季不同，不同花草疯长
还有食用的丝瓜、豆角等
到了深秋，鲜红的柿子挂满
枝头，抬手就摘得下来
另一边的石榴也在加深着
成熟的颜色，她小心侍弄它们
分门别类地修剪，浇水，
像老道的行家，干完活儿坐在
阳台外的条石上，脸上带着
自足的笑意。我讶异于
她的持之以恒和不辞辛苦
怀疑是这些美好的事物
教会了她对生活的足够耐心
当那些从花盆里拱出的新芽儿

迎着阳光生长，我惊叹自然
的奇妙力量，是来自她手
还是那微不足道的泥土
有一瞬间，我突然生出了
从外面弄来更多的泥土，
把院子变成花草王国的想法
但当我望见那些花叶和果实
那么安宁地待在阳光里，
像沐浴恩典的孩子
战栗着饥渴之唇，等待
她重新命名时，还是识趣地
退回阳台上，一边喝茶
一边看她再次俯身下去。

木头也可以流泪

被砍斫回来的木头做成了房子
梁檩、桌椅、床榻、棺椁
用以盛放肉体、物什，安置灵魂
时间过去了很久，它又流出泪来
明晰的，透骨凉，没有人
弄得清它来自哪里，你反复用毛巾擦拭
也不停下来，仿佛木头里
淤积了天大冤屈，必须这样流出来
再生出青苔、木耳和嫩芽儿。
我父亲从不大惊小怪，他早已习惯这些
叹口气说，“埋入地下的木头不是这样子的
它只生出新树，向天空长高
如果大地上响起笃笃的敲击声，那必是
木头在转世，新的生命在轻轻敲门。”

白色旅馆

白色旅馆和群山在晃动。

——[英]D.M. 托马斯

在某个城市的中心地带，它的
白色，不单是一种颜色
从大堂里射出的晕黄光线
照亮雨中的车子和人形
被忽略的雨，沿着沥青路面
流入铁质盖板下的暗沟。
显而易见的，人们留宿这儿
不是因为白色的想象力
或隐在树叶丛中的雨的声像学
秘密在旅馆本身，当你反复住进去
它有了近于呼吸的信任感
入冬之后，如果遭遇一场意外的雪
它将构成一篇童话的开头。“白色
旅馆和群山在晃动……”你写下的
分行文字，也是它的一部分。
你和他进入房间，门从身后自动关上
自动亮起的壁灯，更适于入睡，
亲热或审视镜子里
陌生的脸孔：“……你是谁——”

每一个房间里，都飘弥着老房客的体味
作为房间的一部分
折叠起前一个完整的夜晚
暧昧的白色，拒绝一切无所适从。

推一块石头上山

推一块石头上山，它有了
山的高度。反复地推一块石头
上山，你也生出西西弗斯的影子。
更多石头从不同方向
自己上山，攀登你留下的路，
你化成另一块石头，也可变鸟儿
一路跟随它。用风的鞭子
抽打，不许它停下来。那么多石头，
每一块都是崚嶒的谜
它怎么来到这儿，或继续赶往高处？
你藏匿进去，成为更大的谜。
——你来回答我吧！它身体里的
灯盏，向下的流水，
宝蓝色苍穹寒冷而寂静，
千百年迎风站立后，又突然飞出去，
碎成更多的石头，
被泪水融化，沉入山谷的睡眠。
相向的石头擦身飞过，
那锋利的拥抱，迸溅出火花，
是怒绽的黑暗在叫喊吗？
被惊动的孩子睁开眼，另一块石头，
恰好从月亮上飘过。

他看见了它背后踊跃的群山——
借着暗弱的光，可以辨认
星星的元素周期表，以及它内部
沉淀的熟睡的亡灵。

唐朝来信

一路走过千山万水
它带上了草木的气息
使者的体温和汗味
因为途中的一次变故
它遇上匪患，信封之内
那些文字，惊惶，无助
毫无疑问地，它一次次
想到了死，火的舔舐
水的浸渍，被黑暗胃囊分解。
……星期一，我坐于窗前
看窗外楼群如众山汹涌
雾霾里的绿植比雪更虚无
一群疾飞的渡鸦，在冷冽
空气中，模拟星际穿越
当灯光安静下来，纸的喘息
分外刺耳，你的手写体
如屋瓦上的燕子，带来天空中
离散和挣扎的云朵
而用一首诗或一则传奇来呈现
时间是不够的，虚构的瘦马
颤抖着筋骨，从纸张深处走来——
你用狼毫述说的一切，不外乎

孤单岁月的回忆——它模糊，
不确指未来任何固定的日子
寒流的侵袭，如不同年代的爱
我的痛惜在于，以前从未留意
山水间更多消失的驿站。

悲伤的椅子

岸边渔火再一次
照亮小部分的水。大部分
则没入管道的黑。塔吊从远处
伸首窥见水中干涸的倒影
一眨眼又消失于无形，
远行者止步于自我的怀疑。
堤岸泥泞，鸟鸣搁浅在枝头
从密匝匝的叶子下，紫色浆果
旋转着身体里撕咬的野兽——
它不甘于就此沉沦。“让死
证伪活着……”这一会儿
他揪紧了鸣镝的耳朵，看见
更多的人用心碎颠覆了
一把旧椅子的完整性。从空荡的
屋子中央，风的行刑队
围拢过来，光影带动一地落叶
在椅子下翻滚。

雪的消息

消耗了一个冬天，我还可以继续
用春天的心情等下去……我有足够耐心
——老友孙春明，终于从遥远的新疆
捎来关于雪的消息。他说，浪漫的雪线
一直在后退，从乌鲁木齐的任一角落
如今一抬头，就能望见博格达峰的黑色岩石
依稀的积雪，越来越像落上黑色岩石的白蝴蝶
相邻的吉尔吉斯却不如此，那儿的冬天
被积雪覆盖，一日长于百年，人们在雪中
爱到死去活来。而穿越时空的莫斯科城
破旧的阿尔巴特街人形寥落，教堂里烛光轰鸣
安娜和玛琳娜，正面临被一粒雪击垮的厄运
在每一天，在人群里，在她们离群索居的词语内外

大象席地而坐

树叶已落尽，裸露出树干
和枯枝，密集的伤疤
也暴露无遗，如水落而石出
河床的秘密星图，面临
被考古的命运。鸦巢在风中
摇晃不定（人类的想象力
并不因此而阻断），更远处
有变矮的房子，冷冽的空气里
漂浮着乌鸦的唳叫，它哀伤地
望着被大地钉牢的一代人
我反对无立场的爱，一个人
在另一个人的双眼里出入，隐遁
房子里结满了蛛网
（时间的迷宫）
大门一直开敞，出入者
以口罩遮脸。对面烟囱青烟袅袅
向神灵报告尘世的生死
在人与兽之间，我提前降临的晚年
像黄昏归来，一遍遍地
被黑夜再教育。
一滴水穿过落日的弹孔，映出大地的弧线。
锈蚀的钉子，从石头的寂静里

挣脱出来，房间里的大象
被允许生长和席地而坐，它有同比例的胃囊
但没人带它向热带雨林迁移
月光像一根银绳，垂向积雪的屋顶。

朝向原野的窗子

你忘了那些野草，杂木，
灰斑鸠，和贴地飞行的树鹟吗？
现在它廓入取景框，来到
你的镜头里。一个形容枯槁的
老人（她是谁），她皱褶纵横的脸孔
仿佛时间本身——艰涩而沉默。
在我怀疑她欲展臂飞起时，一闪身
消失了影子，张挂的麻衣滴着水
夕光卷起尘埃的浪花，她
变身为其他的事物（麻雀，或草鲢？）
微风掠过树梢，假寐的乌鸦
被惊起，空出的枝头被一只灰鹭占据了
鸦巢摇摇晃晃，在日光里一点点变黑
——这不存在隐喻的意义，
如同堆积的闲云不改变天空
却改变了以窗子为中心的原野的走向。
微风摩挲枝头的叶子，
持续的隐秘声响刺破了开花的宁静。
从原野尽头跑来的孩子，越来
越清晰地，从三人变身为了一人
一只无形之手把埋头的草径
暗中挪动了位置，从朝向原野的窗子向外
还可眺望大海……一首未完成的诗
带来潮起潮涌，落日、岩石，深夜的灯塔。

在梁鸿湿地

早春的阳光带着微薄寒凉，
豆梨才露出白牙，
风中俯仰的野芦苇
灰茫茫一片，被命运扼紧了脖子。

骨头的断折之声传来，
如冰碴碎裂，而水边油菜花金黄。
在细浪的镜子里，
季节刚迈开趔趄的脚步。

所以仅有爱还不够，还要奔跑起来，
还要一叶障目，无视白云与黄花举案齐眉。

野旷天低，你说是泥土涵养了水分，
还是相反？我喜欢
这散漫凌乱的早春，从桨声的裂隙里，
蒲公英和白鹭飞起，
从残雪下取回了羽毛和翔集的钥匙。

河水如脉络，遍布大地全身，
要蹀躞流过春天，
才能挽留蜜蜂、蝴蝶、更多的采花盗。

我还有秘密的手艺，
来保持一首诗的完整性与不可模仿。

我知道的，时间不会怅惘失神，
在季节的轮回里，
泥土梦见火焰和新生的青竹，也把这湿地
带向江水停歇之处。

一个早晨

河水在桥身的震颤里
流淌，赶着上班的人们
看不见一朵雪花飘向水面
在波浪细碎的反光里
它有短暂的晕眩，仿佛
新的一日也是用旧的一日
无人去细想流逝的恐怖
黑白相机也难以拍下
时间一刹那的决绝或迟疑
外科医生慢慢戴好乳胶手套
小学生急着削去铅芯的外衣
我有一封永不拆开的信留在桌子上
固执地反抗着锈蚀的刀片
我用水笔写诗，它的
喜悦和疼痛都是液体的
闪着记忆的光朝向新生

柴

柴带来斧头，而不是相反
斧头带来高树，野灌木
带来低地的光，村子和人形
挥动的手臂带来汗水，上升的火苗
从我的眼里取出一炉灰烬
中年以后，我回来村子里
推开家门，看到码放整齐的柴
不再为冬天担心——我爬上去，
看见田野在古老的月亮下
闪烁着银子的光，低头看见
一张被火照亮的，沟壑纵横的脸
从她灰色头发的苍穹下
我还能走去哪儿？一只鸟儿
飞过我头顶，落上另一个柴垛
和暮色一起成为融入了黏稠的黑夜
我蹲下身子，那么笨拙地
挥舞着斧头——我总是劈空
在纷飞的木屑里
把自己舞成了一把斧子
而隐忍的松柏更接近栋梁和琴声
它远离火炉，在春天之前，
有反复窜改的命。

在不同的诗里

在不同的诗里写下生与死
它们守在时间的开始和结束
有时是庄严的圣殿，安魂曲
沾带雨露的百合，而更多的时候
你只看到一片苍茫大水
爱的波浪涌动，透明而不可测
你年轻时述说的永恒还很遥远
从昔日混沌初开到如今纤毫毕现
如同劈好的木柴，整齐地码放
在不同的诗里，生发着潮湿的生鲜气息
——那是来自原野和森林的记忆
在一点点复活，生出咸泪、木耳
又从炉灶里升起炊烟
但你不能再伸手去触及它，或者
掰开胸膛，把它埋入肺腑。
在下一首诗里，你已步入天命之年
注定写下更多陌生事物，诸如
村庄，城市，墓地，教堂，十字架
烛光中的唱诗班，众多石头的脸。
微风吹散一炉骨灰
落入更广阔的水域——那通向
古老太阳的应许之地，但这些

与你的悲欣已无瓜葛。木柴还在虚无的镜子深处燃烧，传递火焰的冷暖，也消耗着你的余生。

旧时与新日

这是旧时与新日交替
是冬的终结也是一元复始
烟花弥散了闪烁的星辰
你沿着通向郊外的路乱走
又被一匹雪的马头带回。
这万家团圆的时辰，从远方
回来的亲人聚拢把盏
另一个人还深陷脑梗的昏迷
新血的泵力，尚不足以
唤醒他的漫漫长夜——他微睁
的眼睛不识你是谁，不认得
活着的老父，死去的妈妈
不认得窗外滚动的尘埃
雨水的鼓与锣，乱舞的枯枝
新来的护工和病友
重霾扑打着关紧的玻璃
他不认得飘过窗外的白云和乌云
太阳偶尔照一会儿他的正午
像照一块石头……都结束了
这新雪夹着细雨，小丫头
忙不迭堆雪人，老太太穿红衣
时间给予她们不同的喜乐。

炉火上烧着开水，羊在棚子里
忍着躲不开的苦寒
季节从头轮回，草芽儿
破土，呱呱坠地的婴儿
哭出了老年斑和抬头纹。我知
他前世，这秘密你不晓得。
……哦，最后一个回来的也落座了
我们来唱一支歌吧——这是漫长
的冬日告别，也是新春新腔。

正月初二，徒步至豆各庄

正月初二，清晨，薄薄的
小雪落上枯草，遥看又若无
（这已是意外之喜）太阳
混浊如昏睡暮年，目力之所及
尽是林立高楼和远山淡影
季节宁静如新开，你沿着
京哈高速散步，穿过连片的
荒废空地，毗邻五环路的
光秃的白杨林，树杈上
漏风的鸦巢，再去远，是散落
零星小雪的荒野，一直走下去
就接连了你久居的通州——
从那里可以凝望北运河，以及它
日夜流去的温暖南方，大地
安好，沐浴着冬日的冷冽晨光
如果不是女儿搬来此处居住
你一辈子都不可能来此走动
计较着它与别处的不同。那些
迎面走来的人，还沉在节日
的宽宥里，你可以乱走不被滋扰
不被突然响起的电话铃声唤回
独自拥有一会儿这广阔的清寂

或持久地沉浸于晨光涌动的温柔里
生与死，刹那间变得轻薄
如看不见的雪花，迎着变幻的光线
飘入白头的野芦苇深处。
你甚至忘了身在何处，直到云雀
欢叫着飞起来，旋转上升，消失
在天心深处。你回转身，
看到身外所有道路，都湮灭了踪影。

身份证丢失及其他

街头聚集的人群，弄丢了
身份证，再不能找回自己
和亲人的拥抱，必须滞留
下来，或沿废旧铁道走远，
从此消失——这不是科幻，
不是寓言体小说，而是形如
放逐，你心存的疑虑无限
放大（我是谁？），顺从着
被改变的方向延伸出去，
往昔涌上心头，记忆的碎片
阴差阳错地，拼接成新生的风景
在未来某个支点上，确认了
它完整的家族史。透过变色镜片
去看楼顶的飞翔，像电影倒带，
令人恐惧，又充满诱惑。
“不要问我从哪里来，我不会
自证，为存在辩护。”
如同桥梁折断道路，汽车卸下轮子，
资本放弃主义。你再把它们聚拢，
就等于站在律法对面。意外的事故，
让一场风雪错肩而过，那相爱的
男女顺从了命运。孩子们

高举火把，站在回家的路口，
缩在衣袖里的手，不敢再抹去
你活过的确证。

去342路公交站有多远

约两百米。你用脚测量，
有时是雨水，有时是飘雪，
多落在夜半熟睡之后，这让你
一早醒来就看到不同，生出
复杂的心情。但更多时候
你不会去关注天气的细枝末节，
即使它反复改变终点，一直到
你生出疑惑。你那么爱
那个女人，她却不告而别！
你记住了那日，空气里弥散着
她的气息——熟悉的，与所有人
都不同，寒风中慢慢散尽，
某一天，又在新事物里呈现，
这让你激动不已，把两百米
并作几步走完。你追赶的那班车
还是早开了一秒。这形同命运，
让你分外沮丧。你记起了伏契克
“从窗子到门是七步，从门到
窗子是七步。”在绞刑废除的今天
从家到公交站有多远，你从不曾
测量过，二十年弹指一挥，你已

与青春别过，当天使飞过头顶
它引导着你，从家里走去那儿
傍晚再从那儿下车，头顶星光回家。

最初的爱，最初的仪式

它是甜蜜的战栗，像午后
的梦，反复地开白的、粉的
红的花，但不带来小小果实
我品尝过它——隐性的毒
恍惚让人置身于夹竹桃树下
啊，美的致幻剂。如食菌者
你忘了它来自哪一座林子
哪一双手
多么奇怪，你一直怀疑它
是否真实存在过？有血肉
有体温，或者收起所有骨头
再堆一个雪人，试着把它
从雪里解救出来。“在这里，
我已忘尽它的温暖。”……你
唤醒它吧，通过最初的仪式
与它共生在一个身体上——
你把所有爱，都给予了自己
并以千百种方式证伪着生活。

怎样描述一朵杏花

——仿达尔维什

要描述一朵杏花，仅有词语
是不够的，轻巧的形容与比喻
将有损于它的芬芳与寂静
一树树在风雨中飘零的杏花
它的玉殒香消，违背了汉语的伦理
而我们的爱，在黎明之前
已被羞涩的露珠，战栗着嘴唇说给了
天边升起的第一缕光线
登上古长城，我们看见
在乱石的裂隙里，在村庄低矮的
门楣下，在小牛犊的奔跑里
一树杏花的光芒，汇集了
世界上所有的夜晚和白昼
它的轻盈和沉重让我们不忍再视
而我们的爱，加速了它的凋零
“桃花来你就红来，杏花来你就白
爬山越岭我寻你来呀……”
描述一朵杏花，还必须去这样的
民歌中抱紧它伤痕累累的树身
爬上它虬曲的树枝，望着大河流远
这一瞬间，杏花纷纷扬扬

落满了你的身后和生前
它们是一个个少女，一个个村庄
一片埋骨的黄土和生死传说
它们没有自己的名字
在黄土和石头的黑暗里
被一双双劳作的手，不倦地搬向天空
让它比古长城更高，也更悠久
当一树树杏花的云雾升上峰顶并结出杏果
我们说那是天与地见证的爱
是我们泪水孕育的，芬芳的祖国

钻木，取火

在我们久远的记忆里，它不仅
是劳作，生存的智慧和爱的行为。
一根古老的木头，忍受着海水
和泥土，直到沉睡的躯体
被尖锐之力唤醒，灼烫的碎裂
让它痉挛，战栗，急促地呼吸，
又尖叫着迎合……火星飞溅，
鲜红的火苗升起来，巨大的光
一浪浪地击退浸漫的黑暗，照亮它
以及身体里即将醒来的骨头。
这新生的一日啊，燃烧的火
带来的不是毁灭，而是簇新的
蔚蓝色黎明。鸟儿欢叫着
从野草柔弱的眼里蔓延开来，
树叶在风中闪烁，流水席卷
浪花，在火苗的甜蜜舞蹈里，
天空越来越高远，人类找到
永恒之所，与异性相爱
安居，隔绝风雨，生育更多孩子
消失的木头，渐渐成为
岩壁上的图腾，被后世考古
和发现……那么来吧，我们
继续向大地钻探，取回更多火，
抬头看一看石头的天空

尝试爱那不相干的人

这是我很久以来想说的。
不只爱亲人，朋友，同宗，同种，
还要去尝试爱那不相干的人，
你当然不是神，你是众生，有什么
关系呢？去爱吧，去爱那石头，
石头上荒芜的雪，被蓝色
天空覆盖的旷野，肮脏的河流，
高低俯仰的树，枯萎的叶子，
黑暗泥土里流亡的骨头。去爱吧，
去爱那耕牛和羔羊，它眼睛里的
隐忍和惊惶。也爱那扑上去的屠夫。
不要诅咒他，去怜悯他，望着他
突生悔意，缓缓放下举过头顶的刀子
——因为你的爱，善在他心底萌芽了。
尝试爱不相干的事物吧，活在他们中
成为不同的你。在另一个时空里，
与现在唯一的你相遇，彼此熟悉，
又陌生，爱在你眼睛里叮咚鸣响，
在原野开卑微的野花，在城市里
亮起闪烁霓虹，在离地三尺的高处，
在呼啸的地底，爱那不相干的人吧，
爱让你不同，不再孤单地活着。

“就像光亮从大海上消逝”

“就像光亮从大海上消逝……”
就像一场雨，在追逐另一场雨
涌动的蓝色桌面上，时间的白刃
剖向那停歇的金黄橙子。你身体
的疼痛，即将溢出战栗的嘴唇
黑夜降临而乌云低垂，鸥鸟紧抱浪尖
翔集，群山无序，众树提耳
你看那乱草澎湃，风收拾着海岸线
更多的石头，慢慢散入流淌的沙砾。

什么声音在响

近期好生烦恼，耳朵贴近枕头
就持续鸣响如蝉噪不歇
我还听见车轮碾过通胡大街，飘落的
银杏叶子触地时溅起的巨大轰鸣
夜奔的蚂蚁喘着粗气，逃出灌木丛的蟋蟀
选择了集体死亡。从不同楼层的窗口
隐约传来争吵声和女人的啜泣
婴儿在梦中努着嘴唇摸索妈妈的乳房
一杯生出刀光的烈酒，在穿过黑夜的身体回家
……哦，我试图挣脱了，返回从前
在冷冽的冬夜听见熟悉的脚步越来越近
浸在月光里的薄霜轻得像艾略特先生的晚年
如果有一根火柴擦燃了，我就和小小火苗儿
一起消失在风中。我在黑暗里屏住呼吸
等待众声寂灭的时刻
——我已准备好了一切。

陪父亲说话

她去市场买菜，客厅里余下我们父子，
他向我絮叨村里的事儿，
说出口的名字大多陌生。如今我
已很少回去，偶尔一次也来去匆匆，
上溯他们的父辈，才唤回了
我的模糊记忆，眼前浮现他们年轻的样子。
人老了，旧事的夜露挂在枝头，
闪烁着坠落，眨眼消失在泥土里。
家族里同辈弟兄，如今仅余他和病床上
喘息的二伯，比他老点儿的，
都去了往世与来生。他说到的死，
纸幡一样在他眼前飘，母亲死于他十四岁，
父亲死于四年后，他讲述的语气
却是轻松的。“那年春末，
你大伯走路摇摇晃晃，一阵风能刮歪，
你二伯挨在洛阳的厂子里，
我独自把你爷爷背去坟地，
我没咋害怕，也没抹泪。村子里
已不闻哭声了。漫天星光垂落下来，
在田野上闪亮，风吹青苗的喧响，
像亡灵在踩着叶子奔跑……这死
不会离人太远的，也许一直紧随着所有人。”

他终于说起自己的后事，我安慰他，
“您今年七十七，无三高，心跳比我还好，
腰腿灵便，听力正常，读书看报，
吃得饱，睡得香，活一百岁没问题的。”
他乐得像个孩子，又摇头说，“你懂个呢，
这人老了，就像田里麦子，熟透
就是一个过晌的事儿，又像蚕
作茧自缚……等我死了，你就回去村子里，
把我埋咱老田里。不进祖坟了，
人多，闹哄。咱老田平整，我种了
一辈子，安生躺那儿，夏天身下清凉，
冬天太阳照在身上，暖和得很。”
他又说起村里学校，“起了楼，学生却走光了。”
听见门铃响起，他把声音压低了，
“你明天带我去城里吧，我想去瞧瞧
天安门，再爬回长城……还有呵，
不要把这些写书里，外人要笑话我的。”

回忆一个冬夜

一个冬夜，朝向田野的
窗玻璃突然被击碎。不是
源自坏天气，而是瓦片飞来。
六岁的女儿正在灯下，读
《豌豆公主》和《海的女儿》
我怀疑，是顽劣少年的恶作剧
作为一个暴脾气的教书匠
我向他们动过手，事过后
也悔恨不迭，但总搂不住自己。
也许是他们心中积攒的怨气
化成了夜色掩护的愤怒一击
玻璃碎片在灯影下闪着冷光
有一片击中了女儿的脸庞
她一下子愣在那儿，笑容被定格
然后是“哇”的一声，打破了
屋子里的安静。我蹲下身子
抱着她，揩去她腮边的血迹
一直等她从恐惧中平复下来
才小心推开窗户。……渐渐地
我看清了夜色里的原野，明亮
而旷远，像银河燃亮的书页
村庄黑魆魆的，高低的麦苗

随风起伏，万籁虫鸣时现时隐。
我竟暗自怀疑，击中玻璃的
也许是来自银河深处的神秘力量。
第二天早晨，我走进教室
向我的学生们炫耀：就在昨夜
从朝向田野的窗户，我看到了
你们从未见过的最美的银河
其中一颗飞过的流星，还击中了
我依靠的窗玻璃。在孩子们
的惊呼声中，有两个男孩
红着脸，慢慢地低下了小脑瓜。

芙蓉路三章

I

昨夜我写到芙蓉路，它离我住的
房子不过百米，却隔了铁质围栏
我搬来时，它还是一条砂石路
晴天腾起尘土，雨天泥浆飞溅
突然袭向路人，记忆里屡次有人命丧当场
事故标志撤除后，又如春风过境
更早时候，它还是穿过原野的草径呢
再向过去追溯，只能凭蹩脚的想象
如同镜子深处的事物，多清晰也是幻境
总不比如今，四时都可以呈现
在一片叶子上——这叶子由悬铃木
换成了银杏，更小的国槐
管理者有迥异的癖好，或突然起了闲兴
如果人力可为，他们也会变更行道树
涂抹天空的蓝色。
我选择不同季节走过它，在早晨
在傍晚，在深夜，从没相遇过同一个人
也不见雷同的叶子飘落下来，世界真是奇妙
它游过运潮碱河桥面，倒影忽然弯曲下来
只消一截树枝，就能把它搅成荡漾的碎片

而我潜藏的破坏欲并不构成犯罪的铁证
多少个深夜，我站在桥上，想象自己
也可以是蒙克画布上站在桥上呐喊的骷髅
他的呐喊传向地底，让整条芙蓉路战栗不已
却又不被任何人听见。当我踩着落叶回家
躬身，驼背，仿佛背负了天空所有的重量

Ⅱ

搬来这里十五年，我经历过
它的三次大修。这没什么大惊小怪
如同你不奢望一个人永远健康
何况一条路？它顺从了开膛破肚
的劫数。旧管道拆除，换上新管道
你也浑然不知（又非身体的器官）
你不会产生排异反应。但万物有灵
谁来确证它不会呢？只是我们都无法
听到它的疼痛罢了。我渐渐理解了
为什么每次路面作业都选在深夜进行
破损的路面被刮骨，巨大的摊铺机
把热气蒸腾的砼浆倒上去，摊平，碾轧
一条簇新的马路又展现在居民们眼前
大修提高了通行效率，却不足以改变
它的命运走向（知识改变命运吗？
我一直心存疑惑）。我也目睹泥石流突发
我把它理解成石头在借助自然的力量

实现集体迁徙（地震和火山喷发
则是内部的叛乱），一些石头
借此离开故地，另一些则留下来
成为遗址和见证，领受更漫长的漆黑。
芙蓉路不过是一条普通的马路
赋予它形而上的意义，显然是可笑的
它一直躺在那儿，顺从着车轮的蹂躏
如同它早已顺从了命运（如待宰的羔羊）
你说会，有那么一天，它如果忽然站起来
率领其他道路集体哗变，傲立于天地之间呢
——这想法实在荒唐，也太恐怖了
它终将让我们无路可走，无路遁逃。

Ⅲ

我的邻居老王（我在诗里
多次写到他）是一老编剧，他梦想
在终老之前成为伟大的编剧，“有机会
成为阿巴斯或基洛夫斯基，也是
不错的选择，”他一遍遍絮叨
“《樱桃的滋味》《十诫》都太棒了。”
现实却是另一个样子，他的房子
与芙蓉路只隔了栅栏，道路的轰鸣
让他焦头烂额。“真是受够了，”他敲着
电脑里打开的文档，“一文不值，
我要在栅栏上开一道门，弄个咖啡馆。”

他涨红了脸，望向房顶——亮在那儿的吊灯
不时地倒映出门外穿梭的车辆和人形
房顶上当然不是道路。他看得清
他还没有烂醉如泥。而芙蓉路不搭理他
继续任凭更多车辆和行人蜂拥踏过。
几天后，老王咖啡馆开业了，他的脸上
绽开花儿样的笑容："这儿靠路，便捷。
客流量不错。你不来一杯尝尝？"
也许是交换了身份，他没再抱怨
做编剧的清苦——你也可以说
是一扇门开启后，他和从前的他已判若两人
我这样想，芙蓉路并没有因老王而改变
改变的是老王，以及与它有关的人们
如同一个疯子突然闯到马路中心
受惊吓的首先该是车辆，因为它身不由己
然后是驾车者，行人，乘客，交警……
芙蓉路从不开口：它的隐忍还没达极限。

第二辑

他的眼睛里有马的孤独

枯草在风中

枯草在风中乱飞像一条纷扬的河流
父亲从河边回来
他的衣服、眉眼、头发、胡子沾满了水珠

他伸出手，不经意地掸了掸
那些水珠轻轻地，落在他身前身后

蝴蝶与棺木

你见过雪中蝴蝶吗?
几百只斑斓的蝴蝶一起穿过风雪
落上了一具小小的棺木

棺木里盛放着第二次埋葬的少年的骨头
却不见灵魂溢出来
几百只蝴蝶落上棺木
或绕着棺木飞舞，并不加重抬棺人的负重

他们抬着棺木和蝴蝶，风雪中更加小心
没有哭泣，也没有欢笑
随行的人们表情肃穆，护送棺木入土

没人问蝴蝶从何处来，又去何处
他们目送几百只雪蝴蝶
消失大地尽头，而只留下风吹原野空空

刀子和刀子

刀子和刀子，对坐在堂前
隔着一杯好茶
听到彼此的心跳
这时候，刀子的光芒还敛在鞘里
但月光唤醒了它，让它壁立三尺悬崖
生出了问斩流水的决绝
抽刀，挥过去，握刀的手
电光石火地抖了一下
只一下，千丈白发从空中落下来
刀子又坐回了，端茶近唇
吹了吹灼烫的涟漪，轻轻抿一下
从此消弭了踪影
刀子飘然离去的一刻，不再光芒护体
恍如一个行将就木的老人
回望一眼空荡的堂口
它败给了另一把刀子，也还原了
一座刀子的废墟

月光下的故乡

月光如水，几千年流淌
不息，我的故乡
却换了头脸，在水中，岿然不动
一茬茬的人，如草芥，在月光下出生，死亡
池塘里的水干了
河流干了，只余下这月光了
田埂穿过旷野
跑进春天，蒿草澎湃，埋骨的祖先
模仿失明的鱼，在水中叹息
而我就是侧耳聆听的人，一生只摸黑回来一次
离村口多么远
我已泪光婆娑。月光下的故乡
生长的麦子，棉花，泡桐，刺槐，四起的麻雀多么美
而我更爱暮霭中的拾柴少女
天黑以后，她就是月光下的新娘
我不要白昼的光
不要秋后算账，独留下雪的荒凉
月光下的故乡
我要你麦子的饱满，棉的温暖，泡桐和刺槐的花香缠绕
我要你麻雀的黑眼睛
当我们相逢在心尖上，相互打量着，却认不出了对方：
你把所有的路人看成了游子
我把所有的异乡，当了故乡

唯有空旷带来安静

在一段音频里，我听见“截获”
的宇宙声响：相互作用的太阳风
地球磁层释放电荷粒子的振动，
磁层本身的声音，星球之间的
内表面和大气层的电波。“这是
宇宙的安静。”毛子说，“也是存在
本身的声音……”我还在深夜细听过
不同星球的声音：太阳、火星
地球、木星、天王星、海王星、木卫二
有人感叹，“人世最终沉寂，万物低鸣。”
另一个人说，“无限的孤寂感在涌来……”
而我知道，这些声音从旷野全听得到
在不同的气象条件下，你独自走向旷野
只需融入进去，张开耳朵——渐渐地
没有恐惧，也没有感慨，展现
在你眼前的是天空、旷野，隐约的山形
村落、泥土、坟茔、乱草、树木、灯火、
石头、黑暗、光、水、雨、雪、风、
鸟、虫子、骨头……在发出各自的声音
带来的巨大寂静让你变得渺小，也让你
安静下来，久久地望向苍穹。

灵魂 21 克

迈克杜格尔医生实验证明：人死后
体重会突然下降 21 克
“这是灵魂的重量！”他言之凿凿

——其中有 1 克爱，1 克恨，
1 克忍耐，1 克宽容，最后 1 克是放手
仿佛他拿着称量的砝码

我还想问他灵魂的形状和颜色
灵魂也会笑和哭吗？
是一直住在我身体里，还是偶尔出走
像鸟儿，鸣叫着飞过高山河流
安静下来时，我甚至听得见它柔和的心跳

至于那些麻木了爱恨的人
那些缺失宽容的人
他们的身体，一定比常人轻飘

在弥留之际，我不再恨任何人
并且拒绝放手——用砝码
称量我的人，坚信灵魂丢失的 2 克
永远留在了我身体的废墟里

菜市场的孕妇

傍晚我在三元村菜市场碰到她
早晨我在 667 路公交站碰到她
我还在等绿灯和扔垃圾时碰到她
她与我做着同样的事。那么巧的
如同神安排好了一切。她微笑着
向我点头：她那么矜持，浑身发着光
完全忘却了还穿着皱巴巴的睡衣
她在我的呆愣里，抚着隆起的肚子
趔趄着离去——她让我忽然醒悟
吵嚷的菜市场里，也可以住着
世界最美的女人。她们因为孕育
而加冕，而拥有了无与伦比的美

老渡口

……喔，让我想一想它的样子
有没有青石的码头，绿苔从水下蔓生
一遍遍冲向岸边，又缩回爪子
有没有老榕临水照镜，梳理发辫
游过原野的泥径，带来露水、青草和花香
去远方的老人、孩子，形单影只的汉子
它的身后还跟着蜜蜂、蝴蝶、摇摆的鸭子
这渡口却如新生，孤舟泊在烟渚里
老艄公太老了，他已忘记送过多少远行者
去世界的彼岸，也见惯了葬身的鱼腹
和水上突起的风暴。在日落之前
他的木桨靠着船舷，静候新的远行者上船

悲伤曲

悲伤总是不请自来。它穿过正午，
子夜，饭后的小憩，后半夜的耿耿难眠
有时也从水雾缭绕的镜子里
从越拔越多的白发丛莽
从小动物清澈的眼底，孩子扔掉的面包屑
从电话另一端老母亲的唠叨里
席卷而至。也有独自恍惚时
阳光舒展了所有皱褶，心里忽地一热，
悲伤就浸漫开来，继而流淌成了
光与影的大河。有什么可悲伤呢？
一个人向死而生，深知活着不易，
爱更难。快乐的旧糖纸舔一口就无味了
他的悲伤像一团火，逆行在人群的雨水里

从阳台上眺望落日

残叶去尽了，此刻只有
留在枯枝上的几只柿子
浮着落日——它显得巨大
巨大的红色鸟蛋！关于
落日，我厌其短暂，如鸟儿
厌倦了空气，它迎着
落日飞，在渐小的消失里
浑然不觉地，把粪便
撒向飘浮的大地……它记得
沿路的风景吗？风中翻卷的
哀伤的尘埃，公交巴士
迎面送来高楼的阴影
和桥身的轰鸣，而在墙脚
残雪如同留在纸上的
肮脏少年（也可能是被遗忘的
另一个我），即将消失的
最后的光，在吞吃寒风中的房子
这时候，所有沉默都属于我
钉牢我不停抽搐的嘴唇。

落花乱

蓝色风信子在烧，我们
坐下来，谈起死，低声地，嘴角
浮着浅笑，而麦地深处飘扬
的纸幡，一直在提示生命的不堪
再经不起风雨。之前我们
用纸火送别的人，如今只隔着
薄薄一层泥土。许多的话
他却已不再能听到，从屋檐下
到村头小庙，比脚步更迟滞
是眼睛里的落花，我怀疑
它是灵魂的另一种形式，却不能
用嘴唇去安抚它。当我们踩着
落花返回城里去，听脚下响起
花蕊的断折之声，上升的
太阳的反光，村子变得模糊
不久就将抹去他的所有痕迹
我们从各地赶回来，悲伤得
说不出一句话，仿佛每一次
都是自己身体的一部分在死去
且无法告别。我们疲惫的脸
因为被落花弥散，而有了
荒野的枯寂。那里只有茫茫的

雪的反光，从雪中出走的人
一直没有回来。空荡的大地
因为永失，而拒绝了春天。

旅夜书怀

剧烈的咳嗽，将我从漆黑中
拎出来，孤零零地，抛入更深的
漆黑。旅馆的静，窗帘遮挡
的月光，汽车发动机的轰鸣
街灯，风，惶惑的废纸。我听见
胸腔里喘息，类似上个世纪
的旧风箱，拉杆抽出，推进
湿柴的烟气呛出了你的眼泪
我母亲从灶台后，大声地
安慰你："再烧一把火
就够了……"你的眼泪继续
呛出来，激起了更剧烈的咳嗽
——这些夏天的碎屑，却在
多年后的冬天，在异地的
深夜旅馆里，占据了我的大脑
唉，人的衰老，是否始于频繁
陷入回忆？它们最终彻底地占领
让我回到童年，在时光的席子上
耗尽力气。所有这些仍然无法挽留
直到我不再醒来，也不再写诗。

孤独的人

孤独的人需要一盏灯
他在一个屋子里
看它发出的光，听见
光焰燃烧，他长久地
坐在那儿，身形几乎是静止的
他的面前有时放一本书
有时放一瓶酒，也有时候
什么都没有放，后来灯灭了
他坐在黑暗里，继续等
那盏灯再亮起来。如今已不
时兴写信，他的面前不再有笔
和墨，我也说不出他是谁。
往前数，我见识过母亲的孤独
她坐在灯影里，那么深
眼珠不转，盯着对面的墙——
那儿什么都没有，她的
眼睛像无底的黑洞，忽然
涌出了泪水。直到她慢慢
站起来，一步步走回田野去
我们才长长地松了一口气。
是的，孤独并不止于成人
一个出生不久的孩子，也被

诊断患有严重孤独症，他天生
对尘世怀有古老的敌意吗?
长大的过程中，他拒绝了我们
每一次的施救——他活在
自己的世界里，小心地
呵护着它，像呵护鲜红的心跳
不像我，总把孤独写在纸上。
万物有灵，一定也有自己的孤独
也许，是树的孤独生出了枝叶
唯泥土记得雨的喘息
一片雪花千里迢迢，把白色的
孤独埋入了大海的蓝色坟墓。
而是否因为孤独，地球才有了
自转和公转？永恒的月光下
漫游着越来越多的走失的人形。
你发誓今生不再爱之后
战栗的手指再不能完全收拢
“孤独像一阵雨，它从大海
升向黄昏……”当你从孤独中回来
忽然听见了脚下蜗牛的尖叫
它那么小，一直背着孤独的壳——
巨大而透明的壳，几乎压垮了它
直到死亡临头，才本能地
探出孱弱的肉身。

两篇雪

I

一次次预报说降雪，雪还是绕个弯儿
去了另外的地方，你来想吧——偌大
的疆土被雪覆盖了，白皑皑的童话
马车，城堡，寺院，群山如教堂
冰瀑翔集，老虎跪地咆哮，枯枝喧响
明晃晃的乌鸦刮过来，白茫茫的雪在反光
独留这无雪之城，如一个龟裂的黑洞
众生如尘，日夜不息，在寒流里寻找
雪的流年碎影，犹如脱皮的嘴唇
呢喃着，找寻丰茂水源。而雪去了哪里？
犹记童年时，雪落在广袤的黄河之野
从入冬到初春，你一早踏雪出门
沿河岸去远，回来时已白发苍苍
一场雪不停，你聊发少年狂，雪地里撒野
堆雪人，用一个冬天厮守她，像守着
内心枯寂的叶子。而雪如前世落入你昏花
的眼底，从树下走过的人，嗅见暗香
有了不一样的今生，他踏雪寻梅去
随这雪消失了踪影。这雪还给你不羁的自由
让你独自在雪中，饮尽杯底山河——

今年的雪不来，你等待它，如无人
的剧场在等待戈多——像看不见的命运
在搬运不一样的生死，
没有声息，不见踪迹，也不停歇下来
——古来即如此，从不曾改变。

Ⅱ

在你的望眼欲穿里
雪依旧在路上，它翻山越岭
穿过不同季节，一次次地
经历死亡，再生，涅槃
这光的婴儿，寒冷的幼子
迟来，但不会一直缺席
如同真理，正义的审判。你的祈盼
也不会让它生出焦虑症
它吭哧的脚步一直响在云天外
想起年少时，雪埋了冬天
田野，沟渠，屋顶，道路，枝头
灰麻雀的尸体，雪茫茫的反光
屋檐下的冰挂，溃烂的
手脚，摞起的疤痕，黑暗中
缩小的骨头。你在白天
堆起的雪人，被黑夜和风取消
你梦见甜蜜的火，把卖火柴
的小女孩儿，一层层包裹起来

举起在雪的光芒里。而今
雪成了胜景，从你的生命里
被干裂的嘴唇一次次地舔舐着
落遍大半个国度，也落在
黄皮肤的朋友圈里，带来喜悦之海
而真实的雪在哪里?
在虚无的天空，更高的纬度吗?
我寻访过积雪的墓园，十字架的闪光
被凭吊的灵魂，仿佛都和雪
有关。困厄，抗争，死亡，安息
雪的语言，含混，泥泞，晦暗
它一直在路上，迟来，但从不缺席
如同真理的审判。

午后记

有风吹过，阳光正好——
在午后，花园空寂，透明的
玻璃隔断了寒凉，屋子里
却不见春天滋生，一生的雪
落与不落都是漫长的煎熬
小区里住满了变老的人
你把目光从书页间移开
看见梦中的白轮船，从天边开来
——它来自遥远的世纪
转过正午的明亮光线，抓牢你
生出的古老敌意带着久违的陌生感
更多日子里，你在风中
越走越深，猛一抬头
看见交织的白桦林里响箭飞起
追逐着，一只斑斓猛虎
（它为什么出现在这儿）
这样的严重时刻，护佑的神灵
能否突然现身，并力挽狂澜？
你生命的银杏树已脱光了叶子
在运河边等待命定的雪
带来凡·高的星光夜，转过脸来
却遭逢了轰隆隆的六环路——

不见拉拉，日瓦戈，出走的老托尔斯泰
钢铁的长龙闪着寒光撞过来
……推开书本吧，你听见
钟的秘密心脏，为亡灵的弹奏
带来愉悦的碎片，当濒死的爱因斯坦，
把量子纠缠归于神恩
一个词的光，忽然擦亮了诗歌
如生与死，看护着人间草木。

《遗产》：读菲利普·罗斯

这是他的房子，作为遗产
留给我的。以前他躺在靠窗的铁床上，
长时间望向窗外，像在等死神莅临。
阳光照着他偏向一边的、布满褐斑的脸孔，
有时他把脑袋埋在枕头下，像寻找
沙泉的鸵鸟，脚爪子踢开空气。
——他看见天使了吗？如同少年从他头顶
看见更高的天空。后来我离开他
越来越远，直到成为一个完整的男人。
他继续低头，专注地擦拭着齿轮上的铁锈
（生活也像那齿轮磨损着他的耐心），
下班回到家里，给他瞎眼的父亲做晚餐，
吹凉后一勺一勺地喂入他哆嗦的嘴唇。
他把弄脏的衣服和尿垫扔入洗衣桶，
听污水和秽物穿过塑料管汇入下水道，
又拿它们去屋外，晾晒在阳光下。
他几乎紧锁眉头抽着鼻孔做完这一切，
终于挨到把他送入殡仪馆烧红的炉膛，
望着他化一缕青烟飘向天外，
才长长地舒一口气……这也是我
在为他做的。他离去后的房子
将很快变得荒凉，生出密布的蛛网。

这一会儿，我收拾着他的遗物——
他穿过的衣服，用旧的被褥、床单，
看到斑驳的屎迹和尿垢，从针线的
缝隙里浮出来，连缀起他平凡的一生。
这是他留给我的遗产：屎和尿！
除此，还有什么呢？这一座房子吗？
它将空在那里，等臭烘烘的屎尿气味散尽。
这也是我们每个人，留给世界的遗产。

三诗人谈论天堂和地狱

在博尔赫斯的想象中，天堂
就应该是图书馆的样子。众多灵魂
如书本，井然有序地坐在他对面
莽莽的书架上。他隔着尘埃与其对话，
手指抚摩他们的黑暗呼吸如金黄虎背。
“我同时拥有了图书馆和黑夜……”
他像在喃喃自语，又仿佛自我解嘲，
却终于没有活着走进真正的天堂。
（也许黑夜就是他的天堂）
在这一点上，倒是地狱更个性鲜明！
雪莱说它是一个酷似伦敦的地方，
布莱希特则说更像洛杉矶。不同时空的
两座城市，构成了地狱文明的两极，
彼此为镜，建造通达天堂的道路，
这是我认定地狱里也春暖花开的理由。
城市鼎沸如盛夏，如天堂里的车来车往，
人们活在各自的房子里，谁也不去管外边
发生了什么，明天的早餐在哪里。
“天堂”成了一个生冷的词，对所有人
来说，他者即地狱。人们活在自我里，
仿佛一只只快活的虱子。

黄昏遇雨

雨开始落下，时疾时徐，
在天黑前打湿所有屋顶
和道路，滞留在屋檐下的人，
焦虑不已，想尽早回到家里。
他的渴望也给家人带去感应，
她们坐立不安，不时开门探望。
时间在加快脚步，公交巴士的轮子
溅起泥浆，飞向黑色的伞花，
伞下匆忙的人形已顾不上这些。
挣脱了虚拟的私生活，你生出
去雨中走一走的念头——推开门，
湿冷的风迎面扑来，像烂醉的
酒鬼，与你撞个满怀……哦——
雨中有什么呢？无非更大的雨，
更大的事故、怨怒、忍让，不会有人
拉你去喝一杯，推心置腹地交谈，
更不会有人在雨里爱上你。
……这雨呵，注定落在
你与更陌生人之间，席天幕地，
围拢成另一个世界。绵绵的雨，
也把你的思绪拉去从前，那时
你年轻、健硕，在雨中奔跑，

奔跑中变成陌生的另一个人。
而现在，雨声越来越密集、喧哗，
灯光下的白纸，变成了宁静的大海，
你坐在海边，任雨水滂沱。

钢琴少女

钢琴少女住在我隔壁
她弹得一手漂亮的钢琴
每天我从琴声中醒来
睁开眼望着天花板发呆
望着对面墙上森严的书脊发呆
然后起床、漱洗、吃饭、收拾餐具
在她琴声中坐下来，沏茶，读书，看稿，写作
琴声停下来也不再对我构成破坏
仿佛琴声一直还在耳边回旋
或者根本没有琴声
——不对的！钢琴少女还是钢琴少女
中午我依着琴声小睡
她弹出的流水或火焰并不影响我的睡眠
这琴声俨然已成我生活的一部分
我还在门口遇见过她
十六年仿佛只是一日
她对我点头微笑矜持地说早上好
她还是那个钢琴少女
尽管她的黑发间灰白若星辰隐现
眼角的鱼尾纹日见江河
她弹琴的手指依旧那么白皙那么修长
她的琴声没有因时间而衰老
她仍然是我每天听见但从不问名字的钢琴少女
漫长的一生也不改变

在春天

我走过沿途不戴口罩的花树，
看它们依旧恣肆开花，
向着春风和蜜蜂
源源释放出香气，而口罩遮脸的人们
从我身边匆匆走过——
他们似曾相识的眼睛里，流露出的光影
充满了疑虑和忐忑，
仿佛每个人都历经了生与死，
都恐惧过，哭过，绝望过。
他们变得羞于开口，
只偶尔停下脚步，望向枝头的花儿，
或靠近了嗅闻，顺手折一枝带回家去——
我不会制止而更愿由衷赞美，
他们口罩遮严的脸孔和枝头的花儿，
在阳光下交相闪烁，
像模糊的记忆碎片，摇曳着卑微的爱，
也修补着“这美丽而遭损毁的世界”。

雨中，过古荔枝园

青苔近墨。绿在滴水
六百年。八百年。一千年……
一园子荔枝树
活得虬曲而绝望。弯折的枝头
甜蜜的河流，奔腾喷涌

——犹记昨夜入城
湿漉漉的街。灯光。少女。疲惫的脸
雨水停歇之处
灯下一方枕巾，白色，呼吸起伏
而荔树还在生长，泥与火焰
扶住阳光。荔果坠落，胎衣丹红

雨生出明亮翅膀。密集的荔枝园
也有空寂时刻。
隔着乱世，必须抓牢它的虬枝铁干
荔果的圆形闪电下
亡灵散步，始于
青苔疯长……给我软梯，让天空低下来

给我舌尖。你说：陌生的……

黑叶。白蜡。挂绿。白糖罂
妃子笑……从聚拢
的马骨上路吧。转过身——
你必死于途中
而一颗荔枝在暮色里旋转：如星球……

去海边，看海

说好一起去看海的，雨
一直泼下来
好像它的透明手指，挖得断道路似的
远方以远，蓝色风浪
沙滩，遮阳伞，空椅子。水——

推着水。隔一片荔枝林
空气灼烫，虚幻一样。雨还在下
我是雨中的光头人
赶路在烈日下，又忽然消失了

你还说，我可以
尝试写一匹马，在极目处奔跑
鬃毛飘起来
时而如处子，时而咴咴悲鸣，在浪尖上
寻找骑手

而我只写道：一颗荔枝
丹红胎衣。浑圆孕肚。甜蜜果肉
它腹内的核，大小不一
也有颜色深浅，如同甜蜜的海岸线

……在海边，剥开
一颗荔枝
看到海，仅有尖叫
是不够的。还有雪青马：它拎起了自己——

长江口远眺

眼前尽是大水——
曰浩浩，曰汤汤，曰无涯无际，曰朝晖
夕阴。后浪
推前浪
不回首，向海而生——
唯一天乌云
低垂如冠盖，如墨染
……云深处
三两声
雁唳，四顾苍茫，唏嘘不已

而暑夏的金色雨滴，镶银边的光线
依然从乌云之裂隙里
漏下来
栖上树梢，浪尖
提前凋落的半片残叶，我的左肩右肩
以及
江口北岸，之黄昏

“云间谁寄锦书来？”莫若一滴
混浊江水
不咸涩

也留有六千公里曲折
以及第一个早晨，关于清澈的记忆——
谁在水边
开花，梳妆照影，红口白牙
麻花瓣
结籽的菩提
做了风浪击碎的，最后一块舢板

而你祈盼的大船
消失于海天一线的时间掌纹里，不再回来
你可以坐下
在江水平息之处
大海已出发。来路，亦是去路

风吹

风继续吹。原野上劳作的人
从弯腰中起身，还不到正午
他已与稻谷和稗草，融为一体

风把他吹歪了，把开花的少女
吹成妇人，把鸡毛吹上天
把一滴咸泪，吹向无垠的蔚蓝

风继续吹。风吹天边云朵
神的衣袂飘飞。风吹大地的月光
月光里的菊花，蜷起花蕊

更多薄霜，留下时间的蹄痕
柳枝依依，伸向水中央
动荡的波纹，像爱沉入淤泥的最后挣扎

风继续吹。沙画还没有作完
沙子在还给沙子
沙之书一页页掀开，但掀不动沙里的恒河

风吹正午的黑暗，黄昏提前降临
风把古老的城市吹空
它终于停下来。像世界的唯一幸存者

枯寂地等待着突然响起的敲门声

8 月 25 日下午，在小众书坊读诗

生活本可是眼前这杯下午茶，是茶饮间
一抬眼看到的，青灰屋瓦上沐浴暮光的鸽子
它们越聚越多，有时亮开翅膀
有时安静地卧下来，用细喙梳理纯白的羽毛
而我却活成了随秋风翻飞的那只孤雁

他的眼睛里有马的孤独

一匹马走进酒吧，
它打着响鼻，固执地，
向年轻的侍应生索要草料。
侍应生伸出茫然的手，
摸它的眼睛、鬃毛、蹄子，
然后，递上一杯红酒。
它接过来，坐在靠窗的地方，
望向窗外，偶尔低头，
饮一口酒，继续望向窗外。
事实上，也许并没有马
走进酒吧，是刚才进来的人，
坐在靠窗的地方，他
望向窗外，偶尔低头饮一口酒，
继续望向窗外。

园丁颂

园丁从远方带来铁剪，
帆布，细木，钉子，电钻，
锤子，改锥，在街道的
纷乱里，为护卫
行道树的树篱穿上寒衣。
春天他们亲手栽下了它，
在不可知的浪漫里，
它给路过的行人带去荫凉。
那时候，花香是少不了的，
没人注意它来自哪儿，
太阳光把影子钉牢在地上，
园丁身上泥浆轰鸣，
绿荫生长，麻雀飞过头顶，
如时间流逝的影子，
风雨中的道路变得模糊。
放学的孩子们排成队，
有时也纷乱如杂花生树，
他在心里祝福孩子们，
小心地为行道树和树篱
穿上寒衣——这久远的善
是否被一一记下了？
在园丁直起腰身之前，
你先停下了脚步。这发现
在催促春天早一秒醒来。

“去爱那可爱的事物……”

在天亮之前，83 岁的玛丽·奥利弗
病逝于亚利桑那州的家中。消息在傍晚传来
像一束光自黑暗中升起，我有一刹那的悲伤
是的，我数着她诗中的黑池塘，寺庙，
森林，雾气，蜂鸟，白鹭，野鹅，睡莲，
蚂蚁，红尾鸟，松鼠，旱獭，棕熊，鲱鸟，
白杨树叶上摇曳的露珠，百合，牡丹花瓣，
湿漉漉的树洞，一小块阳光挪动着树上的绿苔……
而肉体的死亡，只是她换一种方式
回到它们中间，重新变得年轻，怜惜羽毛
……一个快乐的天使，她去爱那可爱的事物
在尘世留下深浅不一的印迹。

绕路看葵花

那是去年的八月，从坝上下来的途中
为了绕过事故路段，我们的汽车
无意间开进了大片的葵花田
暮色里，竟然有那么多深绿的叶子
托举着满眼硕大的葵盘。葵花还在绽放
在生与死之间，大地生出
阔大的阴影，也带着甜蜜的笑脸
而遍野流淌的落日，继续扭着它细长的脖子
当我们停下车，分别置身其中
于恍惚间，我的四周忽然安静下来
那来自泥土的黑暗，也沿着幽深的葵秆
一起涌向起伏的山冈，和沸腾的星空

敬亭山独坐

山还是从前的山，漫山的树
也曾遇见谢朓，李白诸人，尔等
生甚模样，却早忘干净了
大抵像这石头吧，赋诗，饮酒，笑，哭
卧听风雨，鸟鸣，一场烂醉后
你望着我，我望着你，把对方当了镜子
看熟悉的自己，忽而不识了
也有举杯邀月者，对影成三人，击节
而歌之，舞之，蹈之，呼松柏来做证
看杀身的那棵，被征作檩梁，筑起阁台
从年轮里参透了生死的木匠
遁入空门，从此餐风饮露，暮鼓晨钟
众鸟哦，弃我高飞远去吧
只留头顶一片孤云，绾我三千丈白发苍茫
让这敬亭山登我，让这万顷松风吹我
数一数这大美山河埋过的命，我胸有块垒欲吐
我心怀不厌之诗，还未写出一笔一画

江上的杜甫

出夔门，过秭归，成都远去了
眼前的水，近于无边
不见岸边细草扶风，只有月光的碎银
落向起伏远山，你身体的废墟
风把危樯折向夜空，孩子们发出轻微的鼾声
偶尔晃过的灯火，加深了冬夜的苦寒
依你肩头睡去的老妻，哀伤脸上的倦容
多少个夜里，你们对坐灯下
那时她说，先生，这风透骨的冷
你把耳朵贴紧朱漆剥落的门板
——你听到了雪，长安的雪
秦州的雪，落上草堂的雪，如千万把刀子
贴着江面飞来，一闪又消失了
只有江水的微澜，浮动隆起的堤岸
你俯下身去，试着去抓住它
而长夜漫漫，一叶孤舟烟波里
垂落的天空，不是靠近，而是更远了

云南和尚

每一次去云南，我都遇见
更多的和尚。相比别处的和尚
他们年轻，干净，穿一件清爽的紫色僧袍
一双跟脚的芒鞋，目光清澈，神情恬淡
被深林藏起的寺庙，晨钟暮鼓，木鱼声声
他们在一座座山峰之间穿梭，从白云上
取回清泉，背回野花和老茶，有时也带来
粗糙而羞赧的女子。他们教她认字
泡茶，读经，礼佛。树叶和阳光
偶尔落上他们的光头，轻得像菩萨的一声长叹

慢

我热爱世界所有的慢：水杉和松柏
看不见野草生长。庭院里的石头
怎样生出了茂密青苔？垂下绿荫
的叶子，你描述不出它分秒的变化
从树下走过的人：年幼的，衰老的
被爱击中和放弃的，他们不同的面孔
都刻入了年轮的密纹。也不曾有人
在一棵古松下重逢，它的枝丫入云
根须在石头深处饮水。在云泥之间
虬曲的树干作为见证者，也是化石和信使
更高处的白鹭，一动不动如云的虚拟
菩提树下修行的僧侣，把每一片叶子
都当了庙宇，在坐化之前，他的肉身
受尽了慢的侵蚀。桑田比邻沧海
谁是今生，谁是前世？
昼与夜交替，世界并无一瞬间的静止
卑微的爱，也是时间铭记的，伟大的慢

立秋记

四楼朝阳的房间里
中央空调一直不停歇。我打开窗户
把自己置于冷暖之间
让午后的阳光照着我脸，肩膀向下部分
留在阴影里，遮住窗台边的盆栽植物
看对面改建中的居民楼
经过一个夏天的腾空，终于安静下来
类似于蝉子登枝后褪下的蜕壳
留下的脚手架还不曾拆卸，也许过不几天
新一拨儿的施工者又将回来
走在最前边的黑脸汉子，兴奋地指点
仿佛这里的主人（其实只是上一批工人）
这时候，我的台式电脑处在工作状态
桌子上的校样，茶杯，剪刀，书刊，宽胶带
收拾好的快递件，安静地等待
快递小哥敲门进来。我转过脸去
想起昨夜的燥热，临睡时我关了空调的
后半夜却凉醒了。这立秋之变
太立竿见影了。窗外斑驳
的红砂墙还是昨天样子
夜里的小雨，似乎没有留下什么痕迹
两栋楼之间的那棵雪松，一动不动的

飞虫的飞落，也不曾惊扰它
我凝视着它，渴望它再长高一厘米
为此我可以放下所有别的事情
我对悄然而来的秋天说，你看那枚松针
它那么细小，也在明亮地撬动世界。

月亮的两面

Ⅰ

我一抬头看见它，升起在天空，
仿佛永恒，它沉静，舒缓，
清冷光辉洒向人间每一个角落。
所有物什在月光下安静下来，
大地上走动的人加快了步子
或者坐下来，看它漾在水中，穿过
枝头的叶子，把光影落上我臃肿的身体。
这时候，整个世界都睡熟了，
记忆里的美好事物，
陪伴我们的亲人，也飘逝在风中。
只有月亮，照见了荒冢上荣枯的草木。
我活过了半生，仍眷恋这世界，
爱着它的残缺，忧伤，欢笑，孤单，
从黑夜升起的，完美的光与黑暗。

Ⅱ

一个人在冬夜心生出孤单
看叶子落尽了，从树荫稀疏处，
月光的流水，一动不动地

照出错乱的枯枝影子，犹如镜中
白发溃散。北运河还不曾冰封，
它细切的呼吸，从远处隐隐传来，
让我意识到，落上我脸的光，
一定来自月亮，或某个更神秘之处，
席卷了蚀骨的疼痛和战栗。
我生活在乡下的父亲一定也感知到了，
他忽然醒来，在黑暗中
久久发愣，想一遍远去的儿女，
他摸索着穿上棉衣，独自去田间游荡。
当他披戴夜幕推开院门时，
眉毛和胡子都沾满了星光的霜刺。
那低地里，留有他年轻时的足迹，
他的麦子、大豆、玉米、高粱、薯类的足迹
他饲养和役使的牲口的足迹。
他停在田地中央，是否复活了它们的记忆？
我突然看见了它们，又眨眼消失了。
……许多年后，我也回去那里，面对
遍野银白，眼前涌现的应该与他完全不同，
唯不变的月光，铺展在父亲和儿子之间。

深处的光

遁入地下四百米，我们乘坐
叮当的人行车穿过漆黑的巷道
安生帽上的矿灯，偶尔照亮
巷道两边的深色岩壁，隔着细密
的防护钢网，我看见漆黑煤层
潮湿的，汪着水，穹顶无垠
如在梦中，穿越一片森林
亿万年前，绿荫和野花，恣肆生长
突降的灾难带来漫长的漆黑
骨骼尖锐的疼痛，被挤压，扭曲
成为地心深处的生死，如今横躺
在我眼前，一层层的，如草原在风中
期待着马头琴和牧歌拯救
我渴望伸出手，去触摸那些沉睡的
魂魄，同行的矿工制止了我
——它还醒着吗？在人类诞生之前
大地的统治者，一茬茬死去
唯桑田化作了沧海，时光缓慢而陈旧
海水浸渍，岩浆挤压，从远方
飞回的众鸟，踩上浪尖
回望太阳和星辰，浮起又沉没
变幻的夜与昼，像风穿过密匝匝的枝叶

它把浪尖认作了栖息的枝头，传承
在基因里，当它也成为漆黑的一部分
海水已退去，大地重新生长河流
山脉和村庄，日出日落延伸着
山河岁月，劳作的人类
在苦厄里繁衍生息，我的父亲和母亲
也曾在那里刀耕火种，如同我
一无所知的，乘人行车穿过漆黑的煤层
当它们被发现，采掘，唤醒……燃烧起来
我越来越相信，我们也曾在另一个地方
相爱——在那无主之地，我们长久地
凝望着对方，如光与火之于漆黑。

大垵村

大垵村是一座荒村。从任何
位置都可以望见船帆从远方归来
沿一条石径走过，举目尽是密集的芭蕉叶
脚步试探着伸出去，虚掩的
悬崖下是一条废弃的拦水坝，流水无形
村子后的山坡，横生杂木和丛莽
在残垣断壁间，你可以用想象去还原
旧屋卸去的门和窗子，如同从前的生活。
墙根下的碎石，泥土，墙上的水渍
显然得自风雨。从缺口爬进来的藤蔓
带着稀疏的叶子。不见住户和人影
也不见牲畜，鸡鸣，狗吠，烟岚
沿另一条隐约的石径，你可以爬上山坡
去摘残留的山果，顺便听一会儿鸟叫。
作为远客，你喜欢这荒凉之境
能倾听风声应答海浪，天空敞开
突然窜出的流浪猫，带来灵异的光束
也可倚墙而坐，独自享受这冬日暖阳
而久居于此的居民，仅因一场台风
就移居去了山下吗？他们是否想过
回到这里，尝试做一个孤独的国王？
空下来的大垵村，成为“荒凉”的注脚

成为巴茅、藤蔓、芭蕉叶子的天堂。
这一会儿，万籁齐鸣代替了人声
石径边的野花，不因你离去而凋败
它独守在月下，抬头看见老虎在星空漫步
低头看见山脚下大海孤独的闪光。

夜雨寄

巴山夜雨涨秋池

——李商隐

一场突降的雨，集聚了
所有的力，雷霆和闪电，癫狂的风
雨中溃散的人群，麻雀敛翅，缩在树叶下
你讶异于它眼底的恐惧
而把目光转向更远，看低处的江水
被江堤和宽大的河床绑缚。远近灯火
沦陷在更大的暴雨里
闪电掀开低垂的窗帘，照见屋子里的器物
床榻上沉睡的两个人，仿佛融为了一体
或者惊悸于彼此的丧失
而江水席卷浊浪、泥沙和黑暗远去
屋子里归于短暂的宁静
有了对尘嚣的疏离和抗拒
黑暗中清晰起来的凌乱衣被，并不指向
更多暧昧的皱褶：焦灼唇吻的仪式
相遇与探寻……记忆的另一场雨
来得迟缓，接近于你的不安——
犹疑的，透骨的，清冷的
树枝惊悚，渡鸦已带走所有叶子的弧度

……哦，一个男人经历这些
还要在雪中登上峰顶，看清这一切
方能卸下肩负的重轭，而这雨
喘息着，继续撞向窗玻璃
溅起噼啪声响，竖起海的断崖
汹涌的，欢愉的，悲伤的，
一晃而逝的。如同你的中年之爱
事实上，还不止如此。

“这，也是历史……”

天主教徒耶胡达·阿米亥写道：“一个男人
独自在一间空屋里练习打鼓。这，也是历史。”

没错的。他还可以缩小了写：比如，
一个男人独自在一个豆荚里练习打鼓。
耳边回响着豆荚的炸裂声，金色的豆子，
纷纷迸出，从屋子里向街头聚集。

同样，也可以放大：一个昏聩的国王，
独自在他的王宫打鼓，召唤他的子民
聚集在殿前，王后用月光织布，王子变青蛙。

但归根结底，是一个男人独自击打酒瓮，
从酒浆深处传来老虎的咆哮。而他
窝在年轻母亲的羊水里，一直不曾出生

这，也是历史。它将被未来考古学确证。

泸州记

雨声敲击玻璃，高低顿挫，
像透明的手指在弹奏。
扯开窗帘，看远天云雾缭绕，
苍翠山峦被雨水濯洗，绿意尽染。
近处的花树随风摇曳，从叶子边缘
滚落雨珠的大海。我能想见
才离去的春暮，花儿压枝
江水穿过城区，照出它们绚烂的影子。
微醺的麻雀从颠荡的江水上飞过，
空气也浸润在盛大的酒香里。
披着雨披的工人脚步匆忙，换上工服，
进入车间，把精选的粮食埋入窖池，
接受时间的发酵，和蒸馏。
从水中热爱火焰的人，酒成为他的魂魄，
在平凡的日子里，迎送悲欢生死。
……这酒哦，我从杯子里凝视过它。
这酒哦，我用挑剔之舌品尝过它。
它以最小的一滴把男儿送上了疆场，
我还知道，征服一个人，最好的办法
就是给他一杯酒，而在酒到达的地方，
更多的人子又站起来，如野草疯长，
——这就是生活伟大的悖论。

而这个早晨，一场突然的雨里，
世界在窗外缓缓移动，我听见麦子、
糯高粱和酒曲的细切喁语。
从巨大车间的内部，更多粮食相互簇拥着，
走上了通向涅槃成酒的大路。
这是涅槃后的永生，像雨水
砸向大地，生出五谷，
也生出入云的窖泥和琼浆玉液。

旅行者回来

他拾掇出一堆脏衣服
每一件，都带着相异的地理性
不同的街区，旅馆，床位
吃进肠胃的食物、饮料的气味
他把它们塞入洗衣桶，设定
洗涤方式和水温，兑入洗衣液
杀菌剂。洗衣桶转几下
又自动停下来。他想起
忘了扭开水龙头（机器也拒绝空转）。
在洗衣机的轰鸣声里
又去了厨房，碗筷要清洗一遍
用水煮消毒。各种厨具
拭去吸附的尘埃，光泽才得显现
地板要拖过三次，开窗通风
被褥抱去院子里，接受紫外线凌迟
如果可能，他想把屋子搬空了
彻底改变原来的格局，和记忆。
……他坐上阳台，泡一壶普洱
俯视楼下，看见马路清寂
夜来的落叶还未及清扫
几只麻雀，忽儿落下，忽儿飞起
枯枝在风中摇摆，相邻的另一幢楼

遮挡了一部分的光，这让他的
身体渐生出一丝丝凉意来
妻子去看望女儿，儿子也不回来
生命的太阳已转过当午时分
他记起旅途中的一些细节
盘山公路的颠簸，藤萝繁茂的
海边荒村，写在沙上的字，风车和落日
一树柿子的红灯笼，寂寞在时间深处
站在驶向大海的船头，他也张开过双臂
但一个人阳台才是此刻的现实
轰隆的市声被透明的玻璃隔断了
颠荡的茶水里映现一张模糊的脸
很久，他才确信那是自己
……嗯……的确是他的。

两个管道修理工

去月亮河看《芳华》的路上
我注意到两个管道修理工
在费力地搬开铸铁井盖儿
他们瘦小，多皱的脸，花白短发
一根根竖起来，戳在风中
身着的蓝色工装，皱巴巴，沾满泥浆
橘红马夹，“浩云科技”几个黑体字
烙在背部。拖在他们身后的
几根塑料软管，颜色鲜亮
像刚拔出泥土的新葱。在我的注目里
他们中的一个，搭着另一个的手
跳进了窨井。绿色塑料软管
经过留在地面的管道修理工的手
欢快地蠕动起来（像蛇游过春天）
我瞅见他的手，筋脉鼓凸
粗糙，开裂，灵巧地把着塑料软管
的速度，偶尔伸头向井下探询
一边把应手的工具，递到窨井里
伸出的另一只辨不清彼此的手上
顺便抹一把额头沁出的汗珠。
十一月的阳光下，他们干得投入
全然不晓得，另一个中年男人

去看《芳华》的途中，有兴趣停下
脚步，看他们完成一次日常作业。
从他们的身边，人形匆忙，一辆辆车子
呼啸而过，卷起的热风掠起
马路上的几片落叶。在电影开始之前
我有足够耐心，等待他们完活儿
把井盖儿复原，收起工具和材料
推着车，悄无声息地离开。

这些油菜花

这些油菜花开得像一场金色的飘雪
在云之南，峰峦叠嶂，春风浩荡
油菜花开满了每一个角落，萦绕着
飞舞的蜜蜂，更多叫不出名字的飞虻
它们的流连忘返是否昭示着我的未来?
油菜花懒得去想这些。更懒得搭理
缤纷的看花人，频频按动快门的人
它暴动似的开——一朵一朵的，
一枝一枝的，一片一片的
从平野到山坡，涌动的金黄
把情欲的花粉，挥洒入少女的眼睛里
它甚至神鬼莫测地挽留住了老妇人的脚步
让羞赧又一次升上她皱纹交错的脸孔
哦，一切全因了无边的油菜花海
让她忆起苍茫一生的某个瞬间
甜蜜和芬芳，复活了她枯萎的爱情
这些油菜花！我在少年时光
紧追着迷路的蜜蜂走进一所破落的房子
猛抬头望见邻家少女乳尖的晕红
这些油菜花！我在少年时光
紧追着迷路的飞虻走近一座劈开的坟墓
忽然遇见祖先散落的骨头

这些油菜花！我在少年时光
紧追着它绵绵的香气走进短暂的青春期
沉迷于它深藏的花蕊和蜜
如今我又一次相遇它，在中年的初春
也有汹涌的晕眩弥漫了头颅内的苍穹
这油菜花在春风里开得多么狂野而恣肆
从我身边越过的人，方死方生的人
被风吹薄的天空，白色和灰色的云朵
而我只有一枝开不败的油菜花
像芬芳婴童在大地的掌心迎风生长

第三辑

长诗　四重奏

135

—

169

第一章：厄

飘飘何所似，天地一沙鸥。

——杜甫

I

多年之后，雪化作一团幻影
走过我身边的人，从枝头消失
留下树叶的枯寂。从一棵树
到另一棵树，泥土潮湿的反光
暴露更多青筋凸起的指爪。烟花绽放
如欢乐的隐喻。铁器的叩问
从迟缓到急促，催产的钟声敲啊敲
蚯蚓和蛇一起现身，农妇解开胸怀
捧出青色的乳房，吮吸的婴孩
移开嘴唇，摇摇晃晃地，迈开人生第一步
而北运河奔腾不息，细浪解脱锦鳞
从云端之外，纸鸢发出莺啼
原野弥散在风中，草木汹涌，蚂蚱交配
泥土也翻开波浪，惊惶的白骨
在石头的羁绊里奔走。村庄若舟楫
灯盏亦如渔火，大路上走着的
妇女和婴童，你爱她们，又不把爱的玫瑰
单独献给其中一人

Ⅱ

你不曾想过拥有这样的季节
生命的轮回与更迭，从不屈于多数人
的意愿。春明如少女绚烂
酷暑若美妇，丰腴而炽热，而秋野苍茫
大地流淌疲倦的金黄，忘了冬天的人
一场接一场的雪，落满他生前和身后
你何曾想过拥有这样的一日？
自由支配早晚的喧嚣与清净，鸟叫声里醒来
用鸟鸣洗脸，跟随鸟群去从没去过
的地方，鸟一样展开翅膀，飞入湛蓝天空
一只叫不上名字的鸟，与你漫长的一生
构成了神秘的迁延和对应
你也不曾想过这样的美景良辰
有一座房子，房前种花，屋后栽柳，更远的四周
种上乱石和小径，如果可能
再种一溪流水，半亩露珠，七八个星天外
吼一嗓子，群山荡起绵绵回声……
——哦，你想要的，也许只是片刻的恍惚，
在午后，你疲倦的脸孔，从八楼的
某一扇窗户伸出来，像临渊的勇士
被浩瀚的春天深深吸引

Ⅲ

你身处的世界，充满了变数和报应
比如“人在做，天在看”，天为何物？

“风起于青萍，浪生于微澜”，又消失
于哪里？人类以物质的形式存在
统治了世界，神灵和鬼魂，是否
也在以你未知的形式活着，熙熙又攘攘
与你擦肩而过时，还伸出手
拂去你脸上的风尘，而繁星点点，
垂下往生的光芒。亲人去远了
你停下来，面对微暗灯火
过往如同风化的岩石，从层叠的时间里
抽出一把把卷刃的刀俎，野草葳蕤
春风吹，新芽起。你背依的树，白昼里
笔直或弯曲地站立。当暗夜渐深
你怎样阻止它突然飞翔起来？
它活过了千年，却不能自由地结束
生命的旅程。而雨还在下
雨落在雨的外边，阳光穿过水银的镜子
生发出阳光的嫩芽……哦，这不是
幻境，而是现实。

Ⅳ

唯安卧于暗夜，才听得春之雨声
在季节之外，听这细碎的，
淅沥的，断续的，随物赋形，
这蚕咀桑叶的雨，明亮而模糊地落
或左手铁马，右手冰河
穿过你中年的恍惚，成为隐喻和象征之物

你已活过天命之年，深度近视
连带远视，目力之所及，近于凝霜的玻璃窗
所谓一叶障目，大抵也不过如此
你变灰的鬓角，荒芜的额头
偶尔也精神倦怠。也许“枯萎着进入真理”的
一天已在路上。作为父亲，你亲历了孩子
的成长，像一棵树分出枝丫
所以，仅仅说丧失了热情是不够的，
你甚至失去挺直脊梁的勇气
年轻时你为寻找一个恰当的词而殚精竭虑
如今写虚无之诗，期盼基督重临
欢欣如流星划过头顶
再没有一把梯子，送你去攀折枝头寒梅
也没有窗格之外的辽阔世界
生命的欢乐之果，在阒寂无人时
从枝叶间裸出润泽的光
偶尔允许你俯下笨重的肉身，甜蜜地啜饮

V

身体如藩篱，囚禁着灵魂
苟活于尘世，还承载疾病，疼痛，孤单
欢乐的琼浆。谁揭开屋顶的瓦片
点亮你身体里的灯盏，如血的残阳
将生锈的十字架烙上你的眉心
身体如光秃的枝丫，开什么花，结什么果

生命之光拂过水面，从你身体里找到
更多湖泊，并通过你的倒影
完成对另一个你的认领。身体
亦有独自的修辞学。犹如光明之于黑暗
火焰在骨头里奔跑。身体如废墟
在幽暗国度绵延，它的国境线
有多漫长？从遥远的边地
沙暴带来胡狼的嗥叫，也带来
鹰隼盘旋，隐现的残损界碑
恍如使徒的天葬台。身体的国境线
消失于森林和群山，如同灯塔
葬身于大海的光线。你的若干个身体
在变幻春天里，树枝一样蔓延
慌乱的手指抚过，生命的黑键白键如此安静
无数次地，你从黑暗里凝视它
这用旧的躯壳，已不堪吹弹
它放逐过多少叛徒，囚死了多少咆哮的老虎

Ⅵ

在生与死的阅读里，给身体带来战栗的
不是语言，而是某个词突然擦亮了世界
并击中你。当然，这不表明它有特异
功能，而是使用者又一次发明了它
为它注入新的灵魂：比如一只圆形的坛子，
放在田纳西的山顶

凌乱的荒野，怎样一齐涌向它？
而潜行的白鹭，一次次地
从沃尔科特的晚年飞起来
你惊叹叶芝“随时间而来的智慧”
它也让病床上的希尼，听见火车驶过时
枕木的孤独在嘎嘎作响，消失的荒草
从黑暗里探出身子，一次次地
蔓延向明晃晃的天空。而火车
继续向前，携带着永恒的春天
缓慢穿越他写下的诗行里，那些深不可测
的泥炭沼泽。这时候，
原野被明亮的光线和雨水包围，烟岚袅袅上升
层叠的树叶，吞噬了灰色屋顶
沿着记忆的小径，缠绕村庄和树木的
黏稠雾霭，又回到你眼前。而你
已身在另一个世界，皱纹纵横的脸
忽儿像出走的游子，忽儿像春天的叛徒

Ⅶ

又一次，从梦里醒来你看到
曙色里的苹果树，在安宁地沐浴神恩
它明亮的叶子闪烁着金币的光芒
而北运河上的雾气在消散
河水收拢了岸柳
荡起层层细浪。这最后的春天

最僻静处的残雪也化尽了，群鸟排云上
白色的鸽子在你梦中飞翔
在你醒来以前，园丁已踩着露水
与啜饮的蝴蝶，不期而遇
作为一个外来者，你最先发现
河流的细微之处，从册页的深处
驶过的船队，穿过沿岸的白头荻花
在茂密的芦苇和你划桨的双臂之间
被反复命名。顺着低矮的河岸
你只寻见沉入水底的船板
在千里外的入海口，变宽的河面
足以淹没一个王朝的背影
它适于虚度光阴，更适于醉生梦死
而在你的家乡，更多的水
从沿途的村庄出发，流淌，交汇，漫溢
接受你的戏弄，抛弃，亵渎
像接受命运的安排，成为另一条河流
它始终在时间的深处
时而显形，时而匿迹。而大海
将从它消失的地方诞生

第二章：叙述的夏天

它是否可以一再地被遗忘，直到变成更高的真实？

——［英］卡内蒂

I

“四月是残忍的月份。”榛树
叶子借风力起飞，更多的苦楝
陷入花朵自身的香气，麻雀欢畅
麦子迎着风，而泥泞轰鸣
枯瘦的少年向麦地放出暗绿的光
晨雾沿麦茎升腾，星星的梯子
在云间闪烁，你蹲在屋檐下
反复搓着生锈的手，抬头看见
一棵麦子头顶闪电，在大路上弯腰奔跑
“父亲们，把麦地抬高一些
伸出你的援手吧，就像从镜子里
救出水银的前生。”疯长的野草
扯紧了麦子嘶哑的嗓子，乱雨泼溅
你们终于从屋子钻出来，抓起镐头
奔向村外——而麦地已成泽国
锦鳞跳浪，乌云翻滚，席卷

穿过麦子的道路，通向
一百年的孤独和世界尽头的幻境
“……父亲们，来啊，用你的肩膀
把麦地抬高一些，再抬高一些吧。”
抬入万里晴空。让雨停歇下来
众鸟在麦地上空翔集

Ⅱ

“四月是残忍的月份。”石头花
开满原野，而年迈的石匠
神情木然，头顶烈日挥动錾子和铁锤
见惯了生死，他专注于用秘密
的手艺恢复石头的往昔。你看哦——
他从石头里恢复花与朵
恢复祥瑞的神兽，让老虎望月
狮子在云间漫步。他恢复了金刚怒目
菩萨低眉，让庙宇起于
云霞的包围。他恢复了一穗穗麦子
牺牲，祭祀，怀孕的母亲，婴儿
……哦，石头在开花，
在一点点地恢复往生的疼痛，欢愉，体温
而后从他身体里分出来，像一块崩溃的
石头倒退着离去。
他的时辰悄然来临——夏日多么盛大
“一种可怕的美在诞生”，

他用最后的力，錾出破碎的自己
“四月是残忍的月份”，他錾出的生命
纷纷出走，众鸟缠绕麦地
村子空空，石头内外枯寂无人

Ⅲ

五月沿大路归来，槐花落上房梁
燕子衔新泥，一次次撞破墙角蛛网
布谷鸟婴儿般啼鸣，镰刀转亮
拖拉机涨红了脸孔，群飞的灰椋鸟
掠过树梢。田鼠出没
瞎眼的猫头鹰一次次从天空俯冲下来
他的砖窑在燃烧，水缸已挑满
他不舍昼夜地加柴，添薪
他已灰头土脸，他已白发苍茫
而窑火沿龙道飞舞，瀑水浇灌
水与火缠绵，共同演绎一场伟大的窑变
当他纵身一跃：万火于一
从一双双青筋凸起的手上传来
持续的青铜回声。“儿子们，
把酒碗端起，把琼浆痛饮
把地基夯实，在房子筑起之前
把麦地抬高一些，再抬高一些吧
金色的麦子哦，即将涨满你敞开的庭院。”

Ⅳ

“……嘘，安静些。再安静些，
不要惊扰他们，让他们上路之前，
把碗底的食物吃完，把屋子扫净。”
天还没亮呢，火车还不曾开来，
在他们身后，露水的泥灯
次第熄灭。白霜沾湿了他们的
布鞋和线袜，粮食已安置妥当，
布谷鸟穿过榛树叶子，飞去更北的北方。
麦地中央的诗人已成灰烬，
雨水洗净他小小墓碑，牵牛花绽开蓝色的脸——
五十年以前，我从那里落草，
成长，离开。留在身后的麦地
已被父亲们抬向了天空——
一种虚妄的宁静，对应着闪烁的银河。
而遗落田垄上的麦子，像父亲
衣襟上的古老图腾。那时星空如碗窑
光的瓷片溅落我脸上，如同麦芒
从黑暗里的召唤。而现在，
牛羊杀尽了，枣红的拖拉机，
只选择播种和收割的节日光临麦地
“儿子们，去远方的大城居住吧，
我只在荒芜中，等待唯一的孙子
穿过六月归来。”

V

这一会儿，泥工的安全帽
有太阳灼热的反光。淋漓的汗水
沾带泥浆，从脸上滚落下来
砖是你新买的，古老的赭红
仿佛凝固的火（多年以前
在乡下教书时，你从父亲的砖窑里
见识过它的恣肆飞翔）
现在，泥工要把它扔去水里浸泡一会儿
再抹上水泥，一块块砌起来
安装上金属护栏，筑成真实的墙
给你入夜的安全感。泥工们
撅着屁股，忙碌着，一边用方言
交谈……说什么呢？从十三年前
你搬来居住，如今所有房子
都生出了风雨的创痕。院子里
的地砖已换过两次，柿子树年年开花
结硕果。昨天你去殡仪馆
给邻居送行，看她平躺花丛中
比活着时缩小了一大圈儿，仿佛
一个睡熟的婴儿。她的小外孙子
跟着走上前，隔着玻璃罩，献上一朵
白菊，嗫嚅着嘴唇，怯怯地
喊了声“姥姥”——生和死
就这样轮回不止。你反复递烟过去

尝试帮着打下手，一边絮叨
这些事儿。泥工听着，疑惑地
望着你，说：“老板放心吧，我们
砌的墙，一定持久。如果你愿意
它还能随黑夜一起唱歌——”
你苦笑着摇头，看他们把水泥
从铁桶里铲出来，熟练地抹上砖块——
一堵墙在相邻的两家之间筑起来
来年的夏天，爬墙虎会遮严它
仿佛它已不存在。你仍可抬脚迈过
傍晚时分，你向泥工们道谢
付钱给他们，也祝他们明天找到
赚更多钱的活儿。这时候，从你站的地方
隔着栅栏，能望见北运河水闪着粼光
那是东关大桥的人造瀑布反射的
落日之光，而完活儿的泥工
已沿落日的方向，消失了身影

Ⅵ

一个中年木工，用墨斗吊线
用凿子掏孔，以榫子连接剖开的檩条
做成理想家具。相同的木头
经过他的手，成了餐桌，成了床榻
也有的，做了泊尸的棺木
世界的真相，沿纹理浮现出来

这个过程里，他沉着如狙击手
埋头在盛开的刨花里
如果有可能，他很愿意做一只带触须
的木蝴蝶送给你。而他顶着烈日
独自去铁匠铺，摆开铁砧
在水与火的缠绵里打出黑铁藏匿的
刀枪和农具。这不同于诗人
在落雪之夜，就着炉火写诗
快乐，悲伤，怜悯，孤独，救赎
源源的絮语，用一张白纸来表述
而白纸亦如落雪，纷纷扬扬
他等待的人，天亮前带来少女和酒浆
这时候，天空高阔，枯枝喧响
星星如骤雨，他写下的每一个词
如刀子垂挂，闪着雪的光芒
天与地之间，睡去的
木工和铁匠，从词语里醒来
惊异他对夏天的叙述，因为雪的覆盖
而变得寒冷：如生与死的证词

Ⅶ

进入七月，你返回麦地，遇见
生长的棉花，大豆，玉米，抓地草
你遇见翻出泥土的麦根
露水的清澈乳汁，喂养了新坟旧土

那些指认不出名字的植物，也生着
与你一样的黑眼睛。你遇见
更多的匠人：铁匠、银匠、石匠、花匠
木工、窑工、泥土、瓦工……
他们风里来，雨里走，在麦地中央
聚首，失明，一点点地老去
你遇见父亲的亡灵，丧乱如麻
惶然地奔命在从大城返乡的路上
一棵青涩的麦子，拦住了他——
他被雾霾摧残的嘴唇，吞吃麦子的清香
无数个父亲，在他身体里哀哭
大雨歇于暮晚，更多的亡灵
在夕光下散步——向日葵的饱满脸庞
而天边的塔吊，沿曙色转醒
它重金属的巨大手臂，仿佛未来在召唤
父亲们，这亡灵也留不住的七月
麦地在下沉，泥土悲切的光
运送着黑暗里的辙迹。一只猝死的麻雀
先于你目击了人类古老技艺的消逝

Ⅷ

而麦地在你的迁徙里流失
父亲们，匠人们，你们的女人和孩子
终将成为麦地的殉难者……这无边的
麦地，词与物的麦地，被抛弃的

荒芜的麦地。在入城的路上，月亮收拢了
羽毛。“扶老携幼的人，跟我说，你们
是否带上了麦种，以及抛弃在
麦地深处的那把锄头入夜后的啼哭？”
而村前的练沟河在你的迁徙里被遗忘
不再有河水流淌，麦子在河床上生长
红蚂蚱，绿蚂蚱，麦秸草飞扬
你戏水的童年里，埋藏着
你的伙伴们的七岁，九岁，十岁，十三岁
这些未来的孩子，还铭记着
记忆的河水，如夜空绽放的星辰
墓草青青，坟头新土不再，棺木裸露旧漆
拱卫的麦子如潮水退去，祖先们坐起来
抱紧自己的骨头，随泥土去流浪
而最小的蝴蝶停在坟头，它也有
与你一样的黑眼睛——你从那里来
却再寻不见它。“父亲们，匠人们
我的悲伤挨到白雪皑皑，它纷飞
的羽毛，已无力划过每一片漆黑。”

第三章：秋日

谁此时没有房子，就不必建造，
谁此时孤独，就永远孤独。
——[奥]里尔克

I

吹过天空的风，也吹透你的身体
乱云散，尘埃落，村庄隐入迟暮
绛紫的金钟花敲啊敲，落日一点点变凉薄

秋水掬月，藤蔓转动顶头的银河
在琼浆酿成之前，孤独有十一种颜色
葡萄闪烁的光，被枝条的黑暗吸附

幼兽和蝴蝶，只相隔月光的转身
一场雪完成了远山的神话，鹰从不现身
安慰之诗轻如羽毛，重于群鸟飞过

睡入草丛的老者，婴童也唤他不醒
草随他身体生长，荒凉漫过骨头
时光慢慢收拢他，而不轻轻带走

Ⅱ

比夏天晚一小时拉开窗帘
光之羽轻推开飘窗，空气饱含汁液
秋柿的膨胀，源于霜露的酿造
青草恰恰起舞，不是因为
风急天高，而起自枝头鸟鸣的旋流
你怀疑鸟儿的舌根下，也埋藏着
数不清的金属簧片的微颤
你手边的冷白开，不见了涟漪跌宕
另一杯炭烧咖啡，香气缭绕
杯盘中的切片面包，煎蛋，自磨豆浆
亦非小资调儿，而是对古老疾病的敌意
你坐下来，读《陶潜集》
或《一平方英寸的寂静》，街口沸腾
凉风铺展宣纸，滴墨尚未洇开
这时候，一只飞蛾落下来，你也
不惊动它，且当是不期的自然来客
或神的天使，它目光灼灼
触须如电波荡漾，抖擞的翅羽上
的粉尘，在晨光里安宁下来——
如一首新鲜的诗朝向泥土，
所有不足道的事物已无须你以笔去涂鸦
你想说的一切，忽然变得多余了
这样的早晨，也不要忏悔
道歉，哀伤，有节制地赞美
片刻的恍惚之后，你一点点适应它

Ⅲ

黄昏后，两个瘦小的民工
隔着合金栅栏向你招手
他们拎着的斑驳漆桶和毛刷
告诉了你反复敲门的理由
你穿过阳台去开门，又搬来木凳
两人推开了你递上的矿泉水
蹲下身子，从脏兮兮的工具包里
掏出应手的家什，用液体瓶喷雾
再拿小铲子刮去玻璃上残碎的胶贴
毛刷饱蘸漆液，对着塑钢来回涂抹
这时候，夕光映上玻璃
反照出两张汗淋淋的褐色脸孔
你听见他们粗重的呼吸
被踩踏的木凳，发出吱嘎的呻吟
一会儿工夫，老旧的塑钢阳台
生出了与对面草坪一样的嫩绿
“草色遥看近却无……”
剩下的时间里，忆及一整个盛夏
割草机开进开出。清凉的水柱
如涌泉，从手把着水管的民工的小腹
喷射出来，恍如生命原始的迸溅
带给你劳作的愉悦，和想象
你抬起头，望向夕光下的草地
修剪齐整的黄杨木围篱

啁啾鸣叫的麻雀，偶尔落去青草间
又扑棱棱飞起来，隐于暮色
银白合金的围栅里，有柿子树、石榴树
葡萄藤蔓、丝瓜秧，她精心养育的
一些盆栽植物，如果你愿意
可以一直坐在门口台阶或院子里
一直到夜凉如水。完活儿的民工
婉谢了你邀他们进屋喝一杯
或抽支烟的盛情，收取约定费用后
迅速收起脏兮兮的工具袋离去
你送他们到门外，转回身，看见
新漆的阳台在夜色里散发出
奇异的光，旁边还放着敞开的漆桶

Ⅳ

你的邻居，一位能干的东北大姐
她把不足二十平米的院子
隔成了三块儿：一块儿租给了美发店
一块儿租给壁挂炉公司，最小的
留自己享用。五平米的天地里，她造出了
阳光房，木质廊桥，循环的流水，数枝青竹
一派旖旎江南风光，如果不是
太多时间耗在海南，她还想养几尾金鱼
如今她迷恋走路，每天三万余步
总是坚守在朋友圈“运动健康”的榜首

年近七旬的老太，疾走如风
她艳羡你家的柿子树，拉开窗帘就看得见
随四季转合，每天沐浴晨光和暮色
树叶间，果实累累，风里挑起一盏盏灯笼
你在灯下喝茶，乱翻几册旧书
也为她的生活加增了谈资，“瞧，文化人儿……”
她嬉笑着对来人指了指你。在你身后
柿子树上竖着一架自制木梯，兴致来了
你就爬上去，摘几枚青柿下来
或伸长手臂（猿猴一样），试一试
天空的深浅，如果露水湿了衣服
权当星星的碎片好了。再过一会儿
你就把星光关在门外，自己回去屋子里
枕着万籁虫鸣入眠，偶尔遇见
晨光里的柿子树，邻居从外边回来
眉梢结一层霜白，悠然走过
五平米的曲水流觞

V

曾几何时，你喊她张姐
也喊她先生王哥。这对东北夫妻
养了两个女儿，大女儿出嫁了
小女儿还单身，每天去城里教钢琴
回来却把车堵在你家门口
多次交涉无果，再见他们，你换上了

有节制的点头。总还是邻居吧
因为这个别扭起来，也太辜负了
种在两家之间的果实累累的柿子树
有几次，她从屋子里挪出来
迎面碰上你，扶着柿子树才站得稳身子
她反复对你说，自己患的只是肺炎
不是癌，不须去住院，更无须放化疗。
“老王和女儿，待我都特好。”她气喘
吁吁，“还有我可爱的外孙子。”
你仿佛看见，大片癌变正在她身体里扩散
时辰越来越近了，也许今夜，也许明天
她就将化成从远处烟囱里升起的一缕青烟
你安慰她说会好起来的，走到小区门口
又碰到她的女儿女婿，合撑一把伞
一路手牵手，甜蜜地从外边回家
你向他们点头，问好，祝他们
马上见到站在柿子树下的，濒死的妈妈

Ⅵ

立秋的当晚，细雨敲击黄昏
也可说是一场雨带来了这绵绵秋意——
北方的，红，黄，蓝，透明，远
这雨从哪里来？你黑色眼睛的映画吗？
不，也许仅来自阳光下的一朵浮云
这一会儿，在你的屋子前后

隔着玻璃，石头，花草，盆栽，柿子树
一切美好的事物，仍清晰可见
雨的舞步急缓疾徐，像黑白琴键的弹奏
一个急着回家的人，急需爱的抚慰
急需闪电劈开黑夜，照见他虚妄的面庞
让水泥路秒变池塘，车子驰过时
飞溅的水花，转眼又淹没在黑夜的胃里
仿佛夏天走失的孩子，你不可能
从未完成的诗里找回他。这雨也不是你喜欢的
一丝儿不曾消退的暑气，你置身其中
任凭一场雨淋湿和击打
它顺着你的身体流淌，你如枯荷孑立
忍受着雨的造访，又想象
此刻它也在另一个世界呈现，如不可思议之诗

Ⅶ

去玉带河以南的树林，你选择
骑一辆共享单车，沿途起伏的砂石路
以前穿过的破落的村庄
已抹去了痕迹，成为规划的绿化带
在秋虫明亮的弹奏里，那些松竹
因自由在长而越发青郁，你喜欢的
流浪猫狗聚居其间，从暮晚深处
传来松鸦的鸣叫，仿佛它与失忆的老人
有某种神秘的对应。月亮升起以后

树林有了几何形的纵深和透视
还有什么让时光驻足？从银杏叶子的边缘
一万亩闪光的露水，也不带来
失去的初吻。当你放下一切走出来
停在林边的单车，已被另一个人骑远

Ⅷ

去雁带来更北的草原，空气
迎着寒凉的额头，沿北运河一带
凛冽的虫鸣取缔了蝉噪
在秋日，你秘密的欢乐也源于
黑夜里的独自散步，向前或退后
都溅起落叶喧响。这一条
人工河，从开凿至今，几经改道
它的历史藏匿在每一朵波浪里
光明与黑暗，水底的石头，爱和疼
谁又能把它们放回原始的地方？
有时它幻出人形，一块儿压着一块儿
沾满的黑色泥浆，如同屈辱的泪水
粉碎了你对古老文物
或一汪清泉的渴望。你回到岸边
看见河底愈合了伤口，水波动荡
在灯影下，消失了船与帆的风景
木质的行道，树葱茏，虫鸣和花开
迎面错过的陌生脸孔，疾驰或徐缓

正应合了秋日的疏朗节拍，你可以
向早晨走，做一个点石成金的人
或踮起脚尖，摘下笋尖似的星盏
变一篓鱼苗，放归北运河奔向的大海

第四章：呈现之雪

和你一起听过的音乐
将永远和我们在一起
——[波兰]亚当·扎加耶夫斯基

I

冬的裂隙里，月亮收拢
磨亮的斧刃。你抬头
看见死神的白衣飘过
落叶喧响，如弓与琴奏鸣
散乱的鸽羽，带来更多
的鸡毛蒜皮。寒冷收割一切
广场空无，乱石嶙峋
冷风如狮吼，挥舞凛冽刀片
剜向你的肌肤，和毛孔
你走过的街巷清冷而萧瑟
相邻的两棵树，银杏和国槐
因为一片落叶飘零，生出
古老的敌意。云朵从你头顶
变幻出棺椁的幻象，亡灵
越过更远的屋顶。枯草如乱世
雾霾里的村庄缩小了骨头
从青黑屋檐下传来父亲干涩的咳嗽

而枯枝上的鸦巢，被风声灌溉
运河水的锋利冰碴，在把散落的
星光，送回不可测的夜空
果实离开枝头已久，再无人记挂
采摘的手臂，枯枝与败叶
在虚无的震颤中，衰老的妇人
静候儿子归来（这比一生还
漫长的等待）。没有雪，
风反复擦拭天空，让光线奔跑
在未可知里，确立对现实的反悖
它像鹰一样，落于不可见之处
从寂静里，获取更充盈的寂静

Ⅱ

两粒雪，像贸然的闯入者
你疑心过它晦暗不明的身份吗？
虚无的面孔掠过枯枝，声响飒飒
（你总是从枯枝想到晚年）
如流星摩挲空气，带来意外之灾
人力和科学，并不能
改变它的运行轨迹。少年时
你坐在明晃晃的天空下
望见它拖着巨大的尾巴，像神
在秘密交谈，你熟悉黑夜
及连接的白昼，大地隐忍的光
……而饥饿与性，带出

雪豹的童年。它疯长的野性
提前闯入你身体里
找寻久违的亲人，它的梅花
蹄印，带来瞎眼的说书艺人
让胡琴燃烧，雪豹沿琴弦奔跑
这时雪落下来，纷纷，扬扬
如一场青春期狂热症，落上
失眠者的屋顶，落上你焦灼的
绒毛初生的嘴唇，你喃喃低语
“渴……渴……”（黑暗中
你燃烧的身体，宇宙的一部分）
她冰凉的手，在你的紧握里
不停地战栗。……后来的雪
不断地从你身体里大面积撤退
向北哦向北，突然消失了踪影
你曾设想，它落上寒江孤舟
是否会生成另一种存在之诗？
但它终不可避免地落入你的风湿
成为苍茫而丰饶的暮年之雪，
照耀你生命的荒野

Ⅲ

进入一片虚构之雪，你所见
并不比真实的雪更远。“残雪消融，
溪流淙淙，独木桥自横……”
在童年消逝后，来谈论雪
如同晚年回忆逝去的爱情

你记起的细节（小到发丝的呼吸）
已经不起点滴的推敲和对质
气候在变暖，落雪如旧信
亦如枯山水，被雾霾和烟囱否定
你用词语留它在一首诗里
无人时，独自吟哦或朗诵
群山如炭黑，已不再回声激荡。
有没有另一场雪，从童年落向晚境
向死而生，在肋骨上刻字
以此抵达灵魂深处。雪中相遇的人
又在雪中错过，道路折断于峰顶
而落雪如细盐，覆盖了他
安详的脸孔，又扬起猎猎经幡
记忆转回现实之境，那临渊的
群峰，还在诵经声中打坐。风吹鼓
年轻僧人的红色僧袍，露出隐秘
的法器和苹果手机，他继续双手
合十，为信众超度。通向春天的途中
更多的信徒，磕着长头而来
落雪融入泥泞，膝盖吹吹悲鸣

Ⅳ

下雪天！意味着雪还在落
或者一场形式主义的雪
覆盖了田野，屋顶，道路，墓地
树枝弯折，吱嘎作响，像
受伤的人在捂着伤口呻吟

这时如电话响起来，我就让你
听一听这雪，混合火苗的喧响
而寂静，来自更大的雪
没有人比它的生命更陡峭。在雪中
词与物，变得模糊。枯枝散乱
仿佛光的暗影荡漾。说起死去的
朋友，我们看不见对方的表情
每一个人都在老去，视物昏花
谁来按下暂停键，让时间定格？
你青春的脸庞，与一片雪重合
而雪不断后退，甚而退回一个词
的内部……一个揉皱的白色世界，
汇集了今天的雪，昨天的雪，
去年和前年的雪。这雪不期之至，
带你回到顽劣的少年，太阳刺眼的反光
扶你站稳。从你撒欢儿的蹄印下
传来冰层裂帛碎玉的尖叫
在某一部黑白电影里，重叠的时间
扭作线团儿，你走过的街道上
走着无数个你。雪从五个方向落下来
以白色的死亡，把你围困和埋葬

V

雪落入水，生命归于安宁
屋顶在雪线上闪光。溪水凝固
不再淙淙流淌，山冈绵延，白皑皑
的枝杈，松或柏，托住鸟巢的坠落

而火苗舐着壶底，等待老者
发出轻微鼾声，惊散开的雀鸟
在雪上印出爪印，又忽然飞起来
恍如幻影，抖动群山的鬃毛。
风不再吹起，天地浑如太虚
你用雪堆出别样的亚当和夏娃
另一个陌生世界訇然中开
（这世界因陌生才不同哦——）
而后，你退回到屋子里
隔着窗户，目视着这片雪
追逐另一片雪，更多的雪扑下来
眨眼消失了踪影……亲爱的孩子
这不是显示屏，而是活生生的现实
少年时光，我也遭遇过它——
（也许到现在，它并不曾停下来）
在冷酷仙境的尽头，安宁如莲花
更多的孩子，用一生守护
欣然接受它，飘向身体隐秘的角落
但没人能沿最初的雪，一直走下去
寻见雪的造物主，如今他埋葬在
每一片雪里：生命最明亮的部分

Ⅵ

告诉我，这第一场雪
起于何时？开白花的栗树
是否因迟来之雪滋生过

片刻的犹疑？栗树下的孩子
等待中慢慢长大。原野崩溃
曙色从失眠里转醒过来
塔吊上升，而天空向四方散开
随雪花飞起来的人，并非为美起舞
这空穴来风，也是你的见证
它还来不及靠近你，温暖你
就栗果一样坠地，湿漉漉的血
浸染了果壳和果肉。而这场雪
不会再次陷入黑暗，如同你
伸着懒腰醒来，去爬上脚手架
一次次地，练习搬运和飞翔
他纵身一跃，城市的诗意戛然消失
所有光一起围拢过来
轰隆隆的街道，刹那停顿下来
红灯。红灯。红灯。天空渐次变红
而拥堵的车顶银白，一个声音
在跌宕回旋：“孩子，跟我回家……”
这雪还在落——北运河全白了
恍若生死不明的长江和洞庭
它继续落，落向老杜的晚年
被风摧折的孤舟，已推不开
最轻的一片雪。又一次
月亮沿积雪升起，它模糊的白内障
照见更北的青黑屋顶，在灯火
阑珊处，大地的摇摇欲坠

Ⅶ

两场雪之间，有另一场雪
纠缠了我们一生。就像
木门一直虚掩着，雪的反光
混淆了月光，黑暗里的交谈
琐碎而断续。雪在屋外飘
有时也落入屋子，寂静的轰鸣
夹杂着抽泣和含混的低语
看不清你黑暗里的脸孔
只有麻雀飞过低矮天空
树枝弯折的光，掠过门楣和窗棂
炉火闪烁着，照亮泛黄的旧照片
却不能把所有目击者再一次聚拢
落在异地的雪，被夏天反复播放
雪覆盖的山顶，山下的溪水，青竹
山腰的木屋，低头吃草的马匹
风中的缆车抓紧了粗大的钢索
你征服了峰顶，却被一场雪
送入神的怀抱……哦，之前你见过
雪崩吗？即使银幕上的虚拟
也令我窒息，魂飞魄散。这命定的时刻
缓慢的时光火车，并不停下来
喷吐着白烟的车头，铁轨寒光凛冽
清冷的站台，没有人上车
也没人下车后，沿风雪消失
车厢里的人，无视外边的任何事情

它继续在爱与平静里行驶。在雪
的琴弦上，它不停下来

Ⅷ

——这茫茫的雪，有我们。
透骨的，灼烫的，无边无际。

——这茫茫的雪，有我们。
初生的，青春的，中年的，晚境的。

——这茫茫的雪，有我们。
泥土的，石头的，光芒涌入。

这弯折的光，蓝玻璃的天空，有我们。
这坠落的天使，上升的树枝，有我们。

这月落荒寺，溃败的大地，有我们。
这消失的村庄，弄脏的街道，有我们。

这飞临的天鹅，羽毛上的黑暗，有我们。
这第一场雪，最后一场雪，另一场雪。

雪落不止，掩埋所有道路，有我们。
雪落不止，在道路尽头分开海水。

……这雪哦，一往无前地，落上
生者和死者的身体，有我们。

图书在版编目（CIP）数据

世界的每一个早晨 / 谷禾著 . -- 天津：百花文艺出版社，2021.3
（中国好诗 . 第六季）
ISBN 978-7-5306-8014-8

Ⅰ. ①世… Ⅱ. ①谷… Ⅲ. ①诗集—中国—当代 Ⅳ. ①I227

中国版本图书馆 CIP 数据核字(2020)第 251065 号

世界的每一个早晨
SHIJIE DE MEIYIGE ZAOCHEN
谷 禾 著

出 版 人：薛印胜
特约策划：彭明榜
选题策划：刘 勇 **责任编辑：**李文静
装帧设计：孙 初 申 祺
出版发行：百花文艺出版社
地址：天津市和平区西康路 35 号 **邮编：**300051
电话传真：+86-22-23332651（发行部）
+86-22-23332656（总编室）
+86-22-23332478（邮购部）
网址：http://www.baihuawenyi.com
印刷：北京精彩世纪印刷科技有限公司
开本：889×1194 毫米 1/32
字数：105 千字
印张：6
版次：2021 年 3 月第 1 版
印次：2021 年 3 月第 1 次印刷
定价：50.00 元

如有印装质量问题，请与北京精彩世纪印刷科技有限公司联系调换
地址：北京市海淀区学院路 5 号 768 创意园 D 座 06 号
电话：(010)82423131 邮编：100082